アラフォー男の
異世界通販生活

主な
登場人物
Main Character
アザレア
宿屋で働く少女。ちゃっかり者で抜け目ない性格。甘いものに目がない。
ケンイチ
北海道の山中で異世界に転移した普通のアラフォーおっさん。ネット通販スキル「シャングリ・ラ」とアイテムBOXを利用して、異世界でスローライフを目指す。
シャガ
50人ほどの野盗のリーダー。性格は残忍で、目的のためには手段を選ばない。
アネモネ
悪党にさらわれた不遇な少女。ケンイチを頼っている。

ミャレー
獣人の女の子で、弓を使った狩りが得意。直感に従って行動する。
ニャルメロ
筋骨隆々の獣人。考えなしで、一直線に行動してしまうタイプ。
マロウ
マロウ商会の主人。温和だが、常に商売のことを忘れずに行動する。
プリムラ
マロウ商会の一人娘。温和だが、思いついたら押し通すタイプ。かなり商売熱心。

Contents

アラフォー男の異世界通販生活

朝倉一二三

イラスト
やまかわ

1章　転生したら通販チート持ちになっていた

――気が付くと、森に立っていた。

鬱蒼《うっそう》として大木が立ち並び、見える範囲では終わりがない暗い森。

下草が生えていないので、結構な範囲まで見渡せる。俺のいる場所は、針葉樹らしい真っ直ぐな巨木が根っこを露《あら》わにして倒れているので、その空間だけポッカリと穴が開き、そこだけ陽の光が差し込んでいる。見上げると空は青空だ。

さて、この状況は何なのだろう。

記憶を洗ってみる――自分の名前も、歳も、住所も思い出せる。

田舎にやっと開通した光ケーブルを使って、インターネット上でイラストを描く商売を細々としながら、家庭菜園などでスローライフを楽しんでいたオッサンだ。

近所の山へ山菜採りにでも行って、事故に巻き込まれたのだろうか？　それにしては身体に異常はない。ピンピンしている。

「何だってんだ……」

独り言を呟《つぶや》いてみても、当たり前だが何も解決しない。

どうすりゃいい？　どこにいるのかが分からなければ、文字通りの遭難だ。この場に留まっていてもどうしようもない。俺はあてもなく歩き始めた。

しばらく森を歩くと汗ばむが、長袖シャツを腕まくりしたりはできない。森には虫や蛭《ヒル》がいるからだ。どういう状況かは分からんが、長袖シャツを着ていてよかったぜ。下はいつもの安い作業ズボンと、ディスカウントショップで買ったスニーカーだ。森の中なら、長靴を履いていれば完璧だったが……致し方ない。

起伏のない地面なので、山でもないのだろう。俺の家の近所にこんな場所はないはずだ。

「ふう……」

一息ついて、辺りを見回す——何もない。熊でも出たら終了だな。喉が渇いたし、ポケットを弄《まさぐ》っても空《から》……。腹も減ったが水も食料も何もなく、周りにはキノコが生えているのだが、見たことがない物ばかりだし、それに——キノコなんて栄養が全くない。このままじゃいずれは人生が終了するのが目に見えている。

「こりゃ、拙《まず》いぜ。どうにかしてこの森を抜けて人里に出ないと」

再度辺りを見回す。すると、何か白い物が光ったような気がした。

取りあえず、そこへ行ってみることにした。

「おお……なんじゃこりゃ」

何か光った場所に辿《たど》り着く。大木の根元に横たわるのは、錆《さび》が浮いた銀色の甲冑《かっちゅう》。中世の騎士が着ているような、プレートアーマーとか呼ばれる鉄製の鎧《よろい》だ。

野生動物に荒らされたのか、少々バラバラになってはいるが……。中身もちゃんと入っており、顎《あご》と首が外れた骸骨が、こんにちは――している。

「やべぇ、死体発見だよ」

ビビりながら周りを探すと、剣も落ちていた。両刃の真っ直ぐの剣――おそらく、両手持ちの立派な物だと思われる……。

仏様には少々可哀想だが、非常事態につき死体を漁らせてもらう。何も持っていなかったが、指輪とナイフを手に入れた。ナイフは紐の付いた鞘《さや》付きなので、俺のベルトに固定した。取りあえず武器は手に入ったが、問題は食い物だ。

それにしても、このプレートアーマーは何なのだろう？　ウチの近所でこんな酔狂をやってる奴なんていないはずだ。造りだって半端じゃない。どう見てもレプリカなどではなく本物だ。しかもかなり使い込まれている。傷が入っていて補修された跡だってある。

何だろう――この状況は？

罠か？　何者かが、俺を陥れようとしているのか？　しかし、こんな有名人でもない田舎のおっさんを陥れてどうする？　騙《だま》したって金なんか持ってないぞ？

このアーマーと剣だってタダではないはずだ。――となると、もしかして……まさか、異世界？　冗談のような本当の話？

「じゃあ、『ステータスオープン！』とか言ったら開くのかよ！」

その言葉に反応してか、俺の目の前に光り輝く白い板が現れた。

「マジで出たわ」

【名前】　ケンイチ・ハマダ
【年齢】　38
☆シャングリ・ラ
☆アイテムＢＯＸ
☆ゴミ箱

「は？　コレだけ？　ＨＰとかＭＰとかは？　スキルとか魔法とかは？」

それに、シャングリ・ラって何だよ。真っ先に思いつくのは巨大通販サイト。意味が分からん。取りあえず、シャングリ・ラ――と言葉に出してみるが、何の反応もなし。それじゃ――

触れてみる。画面が変わった。そこに表示されたのは、俺がいつも使っていた通販サイト——シャングリ・ラの画面だ。

シャングリ・ラは総合ネット通販会社で、本や生鮮食料品から、衣料品、玩具、新車&中古車の車やバイク、トラックや重機まで、マジで何でも売ってる。売ってないのは、飛行機や銃火器ぐらいなもんだな。月に1000円払えば、電子書籍や動画も見放題だ。

「マジか。こんなのアリ？　どんなチートだよ」

続いて、アイテムBOXとゴミ箱にも触れてみると、白いウインドウが表示されるだけ。

「アイテムBOXっていうぐらいだから、物が入るのか？」

試しに、鎧の側に転がっていた剣を画面に近づけてみると——中に吸い込まれた。

「うわ！」

画面は——【錆びついた剣】×1——と表示が変わった。そして【錆びついた剣】の項目に触れると、別のウインドウが立ち上がった。

【取り出しますか?】【ゴミ箱】——の2択。

取り出しのボタンを押すと、再び俺の前に剣が現れた。

「おお！　こりゃ、便利」

試しに、ゴミ箱を選択してみると、ゴミ箱のウインドウへ移される仕様のようだ。そして、ゴミ箱ウインドウの下には、渦巻きボタン。

「これは……？」

渦巻きボタンを押すと、別のウインドウが立ち上がった。

【ゴミ箱を空にしますか？】

ははぁ、ＰＣと同じか。ゴミ箱を空にしなければ、一定時間は保持されるってことだな。ゴミ箱から再度取り出すことも可能だ。アイテムＢＯＸもゴミ箱も、どのぐらい入るのかは現時点では不明……。取りあえず、何となく仕様は分かった。

しかし、これをそのまま使っていいのだろうか？　タダでこんな便利な物が使えるなんて、不気味だろ？　対価は？　散々使ったあとに、料金払えって詐欺じゃないのか？　それとも、最後に悪魔が出てきて、料金の代わりに魂をよこせグヘヘへってネタか？

――だが、しかし。わけの分からん能力でも、今は頼らないと――このままでは数日で体力を使い果たして、ここに転がってる鎧の騎士と同じ運命になる。

何はともあれ使ってみることにするか。腹を決めたので、シャングリ・ラの方へ目を移してみる。いつも使っていたサイトと同じだな。画面の上部に検索窓があって、タップすると、スクリーンキーボードが起動する親切設計。

【パン】と入力してみる。――普通に検索結果が表示される。う〜ん、便利だ。いつも使っている物と全く変わらないな。

【初回限定美味しいパンの詰め合わせ】という、柔らかそうな焦げ目が付いた艶々のパンが10個セットになっている――美味そうだ。あとは飲み物か……【美味しい牛乳】ってのが、3パック纏《まと》めて1000円ほどで売っている。コイツにしよう。カゴの中身を確認すると、2500円ぐらいだな。【購入】を押す……。

【残高不足です】――無情に表示される悲しい文字列。

「ええ？　金か？　そりゃ金は必要だろうが、持ってないぞ？　どうすりゃいいんだ？」

悩んでいると、残高不足の下に【チャージ】という項目があるのに気がついた。押してみると、新しいウインドウが立ち上がった。

「ここへ金を入れろってことか……でも、金はない。どうすりゃいい？」

ブツブツ言っても、ウインドウは何も答えてくれない。やけくそになって、先ほどアイテムBOXへ入れた剣を突っ込んでしまう。

「これでも持ってけドロボウ！」

だが、剣はウインドウの中へ吸い込まれた。

【錆びついた剣】×1、そして、その下に――。

【査定・買い取りしますか？】

ええ？　買い取りもしてくれるのか？　地金の値段か？　取りあえずポチッと押してみる。

【査定結果】【錆びついた剣　買い取り値段10万円】

「いちじゅうひゃく――10万円か？　そんなに高いのか？」

買い取り査定の下にさらに項目がある。【詳細を表示する】

査定内容を、教えてくれるのか。こりゃ、便利だな。

【錆びついた剣（地金）　査定値段5０００円】

【石（ルビー）　査定値段9万5０００円】

え？　ルビーなんて付いてたのか？　錆びついて汚れて見えない所に石がはまっていたのかもしれない。金はすぐに欲しい。この値段で買い取ってもらうことにした。

「ポチッとな」

すぐに決済されて、10万円がチャージされた。

「よっしゃ！　でも、これが本当なら、取りあえずは食い物に困らないが……」

嘘か本当か、はたまた冗談か分からないが、商品を入れたカゴを表示して【購入】を押す。

すると、何もない空間からドサドサと、袋に入ったパンと、パックの牛乳が3本落ちて来た。

ちょっと、落ちてくるのはどうなのよ？

しかし、10万円ぐらいじゃ、毎日使ってたら1カ月ぐらいしか持たないぞ？　どうしても人里に行って、金を稼ぐ必要がある。もしくは、貴金属やら宝石が出る鉱山があれば、チャージできるだろうが、そんな所をどうやって探す？　悩んでも仕方ない。そんなことより、腹の虫を黙らせるのが先決か……だが、目の前にある鎧の白骨死体が気になる。

「う～ん……」

しばし考えたが、白骨死体から鎧を外し、シャングリ・ラでスコップを購入——２０００円也。地面を掘り起こすのに使うこれ、俺の地元じゃスコップと呼んでいるが、ＪＩＳ規格ではシャベルというらしい。

新品のシャベルで穴を掘る。腐葉土なので土は柔らかい。50cmほどの深さでいいか……。穴に白骨を入れて、埋め戻す。

「成仏してくれよ」

シャベルをアイテムＢＯＸへ入れて手を合わせる。この世界に仏様はいないだろうな。だが、俺なりに礼は尽くした。手に入れた物はありがたく使わせていただく。白骨死体から剥がしたプレートアーマーを買い取りウインドウに突っ込むと、すぐに査定が出た。

【査定結果】【プレートアーマー（中古）　買い取り値段５万円】

ふむ５万円か——結構いい値段だな。大体、買い取りって、どこが買い取ってるんだよ。意味が分からん。

目の前の白骨死体もなくなったので、パンを食おうとしたんだが——せっかく通販が使えるんだから、試してみたいことが頭に浮かんだ。

シャングリ・ラでカセットガスコンロを買う——２０００円也。カセットガスを購入、３本で３００円。１本１００円だな。小さいフタ付きの鍋１０００円。そして、水——ナントカの天然水が２Ｌ６本で１２００円。最後にカレーカップ麺ビッグ12個２５００円。

「【購入】っと」

ドサドサと購入した物が落ちてきた。早速、ガスコンロにカセットガスをセットして鍋を載せ、水を入れてお湯を沸かす。お湯が沸いたらカップ麺に入れて——３分待つ。そうそう、割り箸も買わないとな。俺は竹のやつが好きなんだ——１００膳入りで５００円。これだけあればしばらく使えるだろう。

「ははは！　完成だ！　これぞ、文明の味！」

カレーカップ麺ビッグをすすりながら、パンを食う。

「うめー！」

柔らかくて甘いパンに口の中でカレーが絡む——う〜む、カレーは異世界でもまさに正義也。

炭水化物に炭水化物じゃねーか、という話もあるが、炭水化物こそ正義なんだよ。

本当に、ここが異世界なのかは分からんが、カップ麺とパンを食って落ち着いた。

人間、腹いっぱいになると、楽観的になるもんだ。しかし、このままではジリ貧だ。なんとか人里に行って、商売か物々交換をして金を稼がないと。稼いだ金で通販して、さらに高く売る——なんとかなりそうじゃね？　こういうので定番といえば、香辛料だ。詰替え用の1袋100円の胡椒《こしょう》とかが、高く売れちゃうんだろ？　もう楽勝じゃね？

まぁ、そのためにも、この森を脱出しないとな。

「さて、どうするか……」

シャングリ・ラでコンパスを1500円で購入。コンパスの針は一定の方向を差しているので、この世界にも磁界は存在しているようだ。さらに、虫除けスプレーと、少々値は張るが——マウンテンバイクを2万円で購入。

それにしてもアイテムBOXは便利だな。あれだけ買ったのに手ぶらだぜ。こいつを利用して運び屋なんかもできるかもな。アクセスできるのはおそらく俺だけだろうし。

「さて、行くぜ！」

マウンテンバイクに跨《また》がり、出発進行！　森の中をコンパスを確認しつつ、ゆっくりと走り人里を目指す。

別に慌《あわ》てる必要はない。食い物はあるんだ。これぞ、満腹者の余裕。

◆◇◆◇◆

――マウンテンバイクに跨がり2日め。

既に数十㎞は進んでいるはずだが、森の切れ目は一向に見えない。どんだけ広い森なのか。延々と巨大な針葉樹が並んでいる。植林でもしなければ、こんな感じにはならない。原生林ってのは針葉樹・広葉樹が入り乱れてるのが普通だからな。一休みして、水を飲む。そしてアイテムBOXから取り出した、虫除けスプレーを全身に掛ける。やはり森の中、虫もそれなりにいるようだ。

途中、シャングリ・ラで購入した食い物を食べつつ、アイテムBOXやゴミ箱の能力もテストする。例えば、生きている昆虫はアイテムBOXに入らないが、死骸なら吸い込まれ――【虫（甲虫）】×1のような表示に変わる。ならば植物はどうなのかと、シャベルで掘り起こした苗を入れると――【苗】×1のように表示される。植物は物によっては、固有名が表示されるので、名前が付いている植物もあるのだろう。

面白いのは、熱湯を入れたコップを入れても、そのまま保持されることだ。しばらく時間をおいても冷めることはなく、いつまでも温かい。これだけでも何か面白そうな商売ができそうだな。肉や野菜をアイテムBOXへ入れておけば腐ることはないのだから。

そして、ゴミ箱は何でも飲み込むブラックボックスだ。お菓子の袋やカップ麺の残り汁など、何を突っ込んでも渦巻きボタンを押せば消えてなくなる。どこへ行っているかは知らないが、生き物が入らないのは、アイテムＢＯＸと同じ仕様だ。人間や生き物を巻き込まないような安全装置が働いているのかもしれない。

そんなことを確かめつつ、異世界へやって来て2日目が暮れようとしている。

早めにマウンテンバイクを降りて、大木に立てかける。キャンプに備え、1人用のテントを張る。これもシャングリ・ラで購入した——２０００円だ。昼間は穏やかな気候で少々暑いぐらいなのだが、朝方はちょっと冷え込むので、寝袋も買った。これも２０００円だ。

焚き火に火を点けるための着火剤と、カセットボンベに取り付けるガスバーナーを購入——２５００円也。火があれば暖も取れるし、生き物避けにもなる。

今日はちょっと豪勢に焼き肉にしてみるかな。１・５kg２０００円の豚こま肉を購入。余ったら、アイテムＢＯＸへ入れておけばいい。

焼き肉のタレは１Ｌが1本１０００円。俺が愛用しているジンギスカンのタレだ。本来は羊肉用だが、普通の焼き肉に使っても美味い。そして、焼き肉とくれば、ご飯だな。シャングリ・ラで保存パックに入ったご飯を買う。いつでも温めるだけで飯が食える。

カセットガスコンロをもう1個と、コンロに載せる金網を１０００円で購入。火を点けて肉を焼く。もうもうと白い煙が立ち上り、ジュワジュワと脂の焼ける音と香ばしい匂いが立ち込める。

「美味い！　美味すぎる！」

口に入れると鼻へ抜けるニンニクの香り。ジンギスカンのタレは羊肉に対抗するためにニンニクが多めなのだが、その香りが食欲に火を付け、滴る肉汁が口内で混然一体となって、米の飯によく合う。こいつはビールにもピッタリだが、あいにく俺は飲まない人だからな。パックのご飯を箸で大きく取ると口の中へ放り込んだ。

米の飯を頬張りながら考えた——ここが本当に異世界なら、この世界ならではの美味い肉があるかもしれない。そんな美食を探すのも異世界冒険の醍醐味ってやつだな。

だが、焼き肉の臭いがヤバい物を呼び寄せているのに俺は気付かなかった。飯を食い終わって背伸びをすると、なにやら視界に黒い物が映った。改めて辺りを見回す。10頭ほどの黒くてデカい異形の影——狼のような生き物が俺の周りを取り巻いていた。

俺は自分の行為を後悔した。山で焼き肉の匂いをさせたら、動物が寄ってくるのは予想できたはずだ。が、後悔先に立たずだ。辺りは既に暗くなり始めている。

「おわぁぁ！　武器！　何か武器を！」

焚き火から火の点いた薪《まき》を取り、黒い動物へ向かって投げつけ——それと同時にシャングリ・ラの画面を出して武器を探す。

「武器！　え〜と、弓はどうだ？」

いや、弓なんて使ったことがない。どうやって扱うか全く分からん。

だが、同じ弓の検索ページに、ゴムで弾を飛ばすスリングショットが載っていた。

「これだ！　これなら、俺にも分かる」

家庭菜園にやってくるカラスを追い払うために使ったことがある。全く同じ物を購入した。一緒に弾として9㎜のボールベアリングも購入。さらに噴き出し花火セットも購入した。実家で飼っていた犬が花火をすごく怖がっていたので、この黒い生き物にも通用するかと閃《ひらめ》いたのだ。スリングショットと花火で1万円弱。ボールベアリングは80個2000円だ。

購入した物がドサドサと落ちてきた。噴き出し花火の導火線に焚き火で点火。3つほど投げつける。白い火花が噴水のように勢いよく噴き上がると、もうもうと煙を吐きながら辺りを白く照らす。さすがにビビったのか、黒いやつらはウロウロと彷徨《うろつ》くように後退し始めた。

「よし！」

俺は、やつらに追い打ちを掛けるように、袋からボールベアリングを取り出すと、そのままポケットに突っ込み、スリングショットで連射し始めた。

1発2発3発――少しずつ修正していくと、4発目でやつらの1匹にヒットした。

「ギャン！」

犬のような泣き声を上げて、後退《あとずさ》りする黒い獣。俺は間髪を入れずに、噴き出し花火を次々と放り投げると、スリングショットを連射し続けた。

「キャイン！」

俺の攻撃に、１頭が飛び上がって逃走し始めた。スリングショットの弾が、どこか急所に当たったのだろう。目かあるいは鼻か……。このスリングショット、薄いベニア板なら貫通するぐらいの威力がある。これだけ攻撃をしていると、徐々に命中率も上がってくる。

１発２発と命中弾が多くなって来た。ここぞとばかりに畳み掛ける。

「ギャン！」

「キャン！」

１頭２頭と脱落し、ボスらしいのが逃げ出すと、ほかのやつらも一斉に逃げ始めた。

「ふおおお〜！」

辺りに静寂が戻ると——俺は大きなため息と共に尻もちをついた。危機一髪だったが、撃退に成功したようだ。しかし俺は、あまりに迂闊《うかつ》すぎた。動物に全く出会わなかったので、警戒心が薄れていたのだ。慌ててテントを畳み、焼き肉の道具も何もかもアイテムＢＯＸの中へ突っ込むと出発の準備を始めた。ここに留まるのは危険だ。

辺りはもう暗いが――やつらが戻ってくるかもしれない。野生動物は意外と執念深い。俺は暗闇の中にマウンテンバイクを漕ぎだしたのだが――全くこのアイテムＢＯＸってやつは便利だな。こんな時でも手ぶらで運転に専念できる。だが暗すぎる。少し前方以外は全く見えない。マウンテンバイクにもライトがついているが、役に立たないのだ。

やむを得ず、シャングリ・ラの画面を開いて、頭に付けるＬＥＤヘッドライトを購入した。鉱山で働く人が頭に付けているやつだ。早速、乾電池を入れて、頭に装着してみた。

「スイッチオン！　おおっ！　こりゃ明るい！」

目潰しにも使えそうだ。この光を当てられたら、目の前が真っ白になるだろう。

先ほどの恐ろしい場所から離れたい一心で、マウンテンバイクをひたすらに漕《こ》ぐ。

離れろ！　離れろ！

何も考えられず、ひたすら頭の中で呪文のように唱えながら、暗闇の中を2時間ほど漕いだだろうか。大木の間にテントを張ると焚き火をおこし、キャンプをする。

暗くて薪が探せないので、シャングリ・ラで薪を購入した――２０００円だ。

今まで、かなり物を購入したが、まだアイテムＢＯＸは一杯にならない。容量を教えてくれるパーセンテージやらがないので、見当もつかない。

寝なくてはダメなのだが、先ほどの恐怖で目が冴《さ》えてしまって全く眠れない。また襲われたらどうしようと——そんなことばかり考えてしまう。もし敵が現れても、この明るいライトで目潰しして、スリングショットでなんとなるだろう。だが、あくまで希望的観測だ。全く眠れず、ひたすら焚き火の前で朝を待つ。夜がこんなに怖いとは思わなかった。今までが楽観し過ぎだったのだ。

やっとウトウトし始めた頃には、空が白み始めていた。

◆◇◆◇◆

夜が完全に明けると、道具を全部アイテムBOXへ突っ込み、朝飯も食わずに、俺はまたマウンテンバイクをひたすら漕ぎ続けた。なんとしても早くこの森を脱出したかった。

アイテムBOXからパンを取り出し、かじりながらひたすら漕ぐこと5時間ほど——いい加減ケツが痛い。眠いし、そろそろ休んだ方がいいだろうか？

その時、俺の目の前に明るい光が見え始めたのだ。森の切れ目だ。明るさが増すほどに下草が増え、森が切れる場所では、人間の背丈ほどもある草が緑色の壁となって行き先を閉ざす。

「うわぁ——こりゃ、森は途切れたけど、今度は草むらかよ……」

取りあえず、この先がどうなっているのか知りたい。俺はシャングリ・ラの画面を出すと、アルミ製の6段の脚立を購入――少々高い買い物だが仕方ない。こいつを広げて木に立てかけると、5mほどの高さになる。1000円の単眼鏡を購入して、脚立に登る。

ある程度の高さまで登ると、背の高い草むらの先まで見通せるようになった。そして、その先には――城壁に囲まれた都市らしきものが見える。単眼鏡を使って確認してみると、確かに都市で、人が動いているのも見える。

都市からこちらに向かって道路が伸びているので、森の中を通っているのかもしれない。つまり俺は、その道路と並行にずっと森の中を走っていたわけだ。――となれば、このまま右に進めば、道路に出ることができるはず。

「やった……」

脚立から降りた俺を、強烈な睡魔が襲う。進むべき道筋が見えてほっとしたのかもしれない。そのまま俺は、大木の根元で眠りについてしまった。

2章　街でゆるい商売を始めることにした

——目が覚めた。

寝込んでしまったことを後悔したが、まだ日は高い。眠っていたのは3時間ぐらいか？

早くここから右手に進んで道路を目指さなければ。だが、この世界って、異世界人の扱いはどうなんだろうなぁ。もしかして、いきなり捕まって奴隷とか？　あり得るな……。

しかし、このままではどうしようもない。パンをかじりながら、シャングリ・ラの画面を出して残金を確認してみる。

「7万6000円ちょっと……もう半分使ったのかよ」

ヤバい。チャージした金が既に半分ぐらいになっている。なんとかして金を稼がないと——。

ここはやはり、定番の胡椒でいってみるか。シャングリ・ラなら、詰替え用が100g400円で売ってる胡椒が金貨や銀貨に化けるなら、大儲けができる。胡椒の入れ物をシャングリ・ラで探す。

「革製の巾着袋とかないかな？　お！　あるじゃん」

胡椒を入れて腰のベルトに括《くく》り付けると——おお！　RPGの装備っぽい！　こんなのをゲ

ームで見たことがあるぞ。胡椒がダメなら、都市まで行ってから市場を回って、売るものを決めよう。商売の前に、俺の存在がこの世界でどう捉えられるかが問題だしな。

脚立を出しっぱなしなので、アイテムＢＯＸに収納。マウンテンバイクに跨ると、今までやって来た方角から右手――３時の方向へ漕ぎ始めた。

「電動アシストマウンテンバイクが欲しいけど、充電できないし、高いよなぁ」

１時間ほど漕ぐと、森の切れ目に道らしき物が見えてきた。

「ここからは、マウンテンバイクは拙いだろう。徒歩にするか……」

マウンテンバイクをアイテムＢＯＸに入れて歩き出すと、すぐに道路に出た。

舗装はされておらず、砂利も敷いていない。タダの土の道だ。雨が降ったら泥濘《ぬかるみ》そう。

だが、森の中よりは歩きやすい。アイテムＢＯＸのおかげで荷物もないしな。

しばらく歩くと、結構交通量が多いのに気が付く。荷物を積んだ馬車がひっきりなしに通るのだ。幌付き、幌なし、いろんな馬車が通る。全部、形が違う。手作りなんだろうな。

馬車の邪魔にならないように、道の端っこを歩いていると、突然声を掛けられた。

「あんた、歩きかい？」

振り向くと、横に１頭立ての馬車が止まった。

「ダリアまで行くのかい？」

カーキ色の服を着た若い男が俺の方を見ていた。いや、そんなことより——問題は、言葉が通じるってことだ。

「もしかして、俺のことか?」

「あんた以外に誰がいるんだよ? この先のダリアに行くんだろ?」

森から見えた都市はダリアというらしい。やはり言葉が通じる。こいつはラッキーだ。

「ああ、そうだ」

「乗って行くかい?」

「ありがたいが、金を落としてしまって持っていないんだよ」

「そいつは災難だったな。ダリアはすぐそこさ、タダでいいよ」

マジか、渡りに船だな。マウンテンバイクが使えれば、すぐに到着するんだが。男の顔をうかがったが裏はなさそうなので、素直に乗せてもらうことにした。

「俺の名前はフヨウだ、よろしくな。商人だよ」

「俺はケンイチだ」

「はは、変わった名前だな」

ここぞとばかりにいろいろと聞いてみる——俺の黒い髪も珍しくはないようだ。馬車にガタガタと揺られながら、男との会話が続く。男の胸の所には、首から下げた棒状の金属のアクセサリーのようなものが光っている。先端には石が付いている。

「それじゃ、あんたの在所《とこ》じゃ、黒い頭ばっかりなのかい？」

この男の髪は赤っぽい茶色だ。染めたのではなく、もともとこういう色らしい。

「そうだな。恥ずかしながらこの年になるまで、村の外にあまり出たことがなくてな」

「商人でもなきゃ、そういう奴は多いよ。あんたも商売するつもりで村を出たのかい？」

「ああ、そんなところだ」

取りあえず、そういうことにしておこう。家じゃ畑仕事もしていたし、ど田舎だったんで、農業の知識もそれなりにある。

「それにしては、手ぶらじゃないか……あんた、もしかしてアイテムＢＯＸ持ちか？」

「アイテムＢＯＸを知ってるのか？」

こいつは驚いた。アイテムＢＯＸって単語が既にあるのか……確かにステータス画面にはアイテムＢＯＸって書いてあるがなぁ。画面は日本語で書いてあるし……。

「滅多に持ってる奴はいない。俺もアイテムＢＯＸ持ちに会ったのは初めてだ」

「そうなのか」

「アイテムＢＯＸを持ってるのに、今まで商売をしてこなかったのか？」

「ああ、畑で採れた野菜とかを入れていた。入れておけば芽が出たり腐ったりしないしな」

無論、嘘だ。

「そんな話は聞いたな。便利だよなぁ。生鮮食品や貴重品の運搬でも稼げるじゃないか」

「まぁな。いろいろと試してみようかと思っている」

商売のやり方についていろいろと質問する。商売をするには商業ギルドに登録しなくてはならないらしい。登録料は銀貨1枚だが、それがどのぐらいの価値なのかは不明だ。

話をしている間に分厚い城壁を潜《くぐ》り、街に到着した。街の入り口には歩哨が立っていたが、検問をされることもなく、ほかの人たちも自由に出入りしている。

そのまま馬車で街の中を進む。建物は石造りで、高くても3階ほどだ。通りには人も多く活発な街だという印象を受ける。

「街に入るのに検問とか、税金を取られたりはしないのか?」

「税金はないねぇ。そういうのがある街の話も聞くが——この辺りにはないな」

5分ぐらいで、目的地に着いたようだ。荷物を下ろすのを俺も手伝う。

「悪いね」

「商人になるんだ。タダは拙いだろう。それなりの対価を支払わないと」

荷物を下ろし終えたあと、彼に商業ギルドと宿屋の場所を教えてもらう。こういうのは地元の人間に教えてもらうのが一番だ。ボッタクリの心配もないしな。

「兄さんいい人だし、いろいろと教えてもらったんで、コレをやるよ」

俺は腰に付けた革の巾着袋を彼に差し出した。男は袋を開け、匂いを嗅いで驚いた。

「こりゃ、胡椒じゃないか！　こいつは肉料理には欠かせない貴重品だ。臭みを消して食欲を増してくれる。一振りすれば、タダの肉焼きが高級料理に早変わりだ」

「そう、肉料理の決め手になる物だ」

「ふう……冗談だろ？　こんな高い物もらえない――金を払うよ」

「いや……」

「おっと待ちな。さっき、あんたも言ってたが――俺たち商人は安い物は大好きだが、タダじゃ物は貰わない。なぜだか分かるかい？」

しばし考えて、俺は人差し指を立てた。

「タダより高いものはない」

「その通りだ。商売の基本は物々交換だ。対価のない物は取引しない。これが基本さ」

「俺をタダで馬車に乗せくれたが、そういう場合は何か裏があると考えた方がいいのか？」

「まぁな、悲しいけど、それが現実のことが多いな。あんたは商人に向いているよ」

男はそう言うと、懐から金の入った袋を取り出し、俺に銀貨を2枚寄越した。それと律儀に布袋の代金までくれた。銅貨6枚だ――ありがたい。

現金は手に入った。価値はちょっと不明だけどな。だが、高価なもの、といって渡してくれた対価だから、それなりの金額なのだろう。ついでに金貨と銀貨の換金比率も聞く。

銀貨4枚で金貨1枚のようだ。着々とこの世界の情報が集まっているな。

だが、嫌な話も聞く。香辛料を独占している、スパイスシンジケートが存在しているらしいのだ。まぁ、どこにでもある話だな。儲かるものには利権ができて群がる奴らがいるってわけだ。

若い商人に別れを告げ、俺は宿屋に行ってみることにした。取りあえずの活動拠点が必要だ。

しかし、胡椒や香辛料で簡単に儲けようと思ってたら、出鼻を挫《くじ》かれたな。残念……市場を回って何かほかの売り物を探さないと。

通りをしばらく歩きながら街を観察してみる。なかなか賑やかだな。ちょっと上等そうな建物の窓には透明な板が入っているので、ガラスは存在しているが、高価な代物なのだろう。ガラスじゃなくてテクタイトやらファンタジーな物質かもしれないが……。

5分ほどで宿屋らしき建物が見えてきた。石造りの2階建てで、壁に塗られた白い漆喰《しっくい》のような物は、かなり剥げ落ちている。木の扉の上には肉と皿が書かれた看板。

「いかにも、それっぽいな……」

中に入る——外側は石造りだが、店内は板張りで薄暗く、木製のテーブルが8つと、その周りに椅子が並んでいる。宿屋というよりは食堂だな——奥にはカウンターが見える。

客はいない。今はおそらく2時頃だ。昼飯の客もいなくなって、空いているのだと思う。

「いらっしゃい～。食事？　それとも、泊まり？」

俺に声を掛けてきたのは、ちょっと目の大きい女の子。粗末な白いブラウスに、オーバーオールのような紺色のワンピース。18歳ぐらいであろうか、なかなかかわいい。後ろで纏めた黒髪にエプロンのような前掛けをしている。

「泊まりだと、飯付きで小四角銀貨1枚、素泊まりなら銅貨3枚」

「素泊まりで頼む」

「代金は前払いだよ～」

銅貨を3枚渡す。飯はシャングリ・ラで買えるからな。現地通貨は節約しないと。

「ここの娘なのか？」

「違うよ。ここで働いてるの。おじさんはこの辺りの普請《ふしん》で稼ぐために、口利き屋でも探しているの？」

「いや、商売をやろうと思ってな」

「じゃあ、読み書き計算ができるんだ」

「うっ！」

そうか、読み書きがあったか。すっかり失念してたぜ。俺がショックを受けていると、女の

子が宿帳らしきものを持ってきた。

「読み書きできないのに、どうやって商人になるのさ。商業ギルドの登録には読み書き計算が必須だよ？」

「そうなのか……異国の言葉なら読み書きできるんだけどなぁ。それに、計算もできるぞ」

「じゃあ、リンカーが12個入った袋が４つありました。リンカーの数は全部で何個？」

リンカーが何だか分からんが、答えは分かる。

「48個だろ？」

「すご～い！　本当に計算はできるんだ！　おじさんの名前は？」

「ケンイチだ」

「ふ～ん、変な名前。あたしは、アザレア。よろしくね」

アザレアが宿帳に俺の名前らしき文字をスラスラと書いている。この子は読み書きができるようだ。――しかし書かれたその文字は――なんだか、ローマ字のような……。

「アザレア、ちょっと頼みがあるんだが……」

「な～に？」

「俺に読み書きを教えてくれないか？」

「ええ？」

「簡単でいいんだ。お礼に異国のお菓子をやるぞ？」

「本当に？　お菓子って甘い？」

お菓子という単語に、アザレアの目が子供のようにキラキラと輝く。

「ああ、甘いのもある。舌の上でとろけるやつとか、サクサクと口の中で弾けるやつとか……」

「うあぁ……」

アザレアは甘いお菓子を想像して、天井を見ながら涎《よだれ》を垂らしそうになっている。俺の頼みを引き受けてくれるようだ。

「うん、仕事が入ってない時ならいいよ」

俺は2階の部屋に案内された。板張りの部屋にベッドだけ。天井板もなくて上部の構造物が剥き出しになっているが、部屋の中は清潔で綺麗なのでひと安心した。

「シーツは毎日、このカゴに入れて出してね。ほかの洗濯物は追加料金になるから」

「ああ、分かった。それじゃ暇な時でいいから、文字をちょっと教えてくれよな。ここには何日か泊まるつもりだから」

「分かった。お菓子忘れないでね」

アザレアが部屋から出ると、俺はベッドに倒れ込んだ。肌触りから、シーツは麻だな。

とにかく、いろいろとあり過ぎた。異世界らしきこの世界で——これから何とかして、暮らしていかねばならないのだ。しかし、やっと辿り着いたベッドに安心してしまった。ちょっと横になるだけのつもりだったのだが、そのまま眠ってしまった。


「はっ！」

ベッドの上で目を覚まして慌てた。辺りは既に暗くなっている――何時頃だろうか？

「ヤバいヤバい……」

くそ、暗くて何も見えない。明かりを出すか……シャングリ・ラで検索を掛ける。

森の中をマウンテンバイクで走った時に頭に付けたＬＥＤヘッドライトならあるが――あれを部屋の中で使うわけにもいくまい。

無難なところなら蝋燭《ろうそく》だが、暗いだろうな――ランプで検索を掛け直す。

ＬＥＤのランタンが安いが、オーバーテクノロジーのＬＥＤはちょっと拙いような気がする。まぁ、誰にも見られなければいいのだが。魔法のランタンだって言って誤魔化せるかな？　いや、魔法があるか、まだ分からんしな。同じページに灯油ランプがある。なるほど、灯油ランプって手もあるか。だが――。

「灯油って売ってるのか？」

灯油で検索を掛けても売ってないが、ホワイトガソリンなら売ってるな。同じ検索ページにホワイトガソリンを使ったランプが並んでいる。こいつを買おう。購入ボタンを押すと、箱に入ったランプとホワイトガソリンのタンクが、大きな音と共に落ちてくる。

「壊れるだろ！」

壊れたら返品きくのかよ？　甚《はなは》だ疑問だ。

荷物がやって来たのだが、真っ暗で何も分からん。結局、アイテムＢＯＸからＬＥＤヘッドライトを出して頭に装着した。昔ながらの灯油ランプなら使ったことがあるのだが、こんな加圧式のガソリンランプは使ったことがない。説明書を読みながら点灯させた。

「やったぜ！　こりゃ、かなり明るいな」

ランプの明るさに目を細め、シャングリ・ラからグラノーラを買った。

深皿いっぱいにグラノーラを開けると、牛乳をぶっかけてムシャムシャと食い始めた。

「なんか何もない部屋で飯を食っていると、上京したての頃を思い出すなぁ」

妙な郷愁に浸りながらも腹いっぱいになった。食器をアイテムＢＯＸへ突っ込む。

さて、アザレアにあげるお菓子は何にしようかな……チョコは拙い気がする。もっとシンプルな――金平糖？　いや、ここは――。

「サ〇マ式ドロップスだろ」

変わらぬこの缶――飴の色によっていろんな味が楽しめるのだが、果汁が入っているわけではない。ガキの頃に婆さんの家で食った記憶が蘇る――レモンやオレンジからなくなり、最後に残るのがハッカ味。懐かしい。

こいつの容器も探してみよう。『木製　箱』で検索を掛けてみると――おおっ、いいのがあるじゃん。３００円ぐらいの塗装していない木製の箱、宝石箱らしい。これなら、お菓子入れにピッタリだろう。カートに入れて購入ボタンを押す。

それから読み書きを勉強するには紙が必要だ。コピー用紙やら中性紙は拙いだろうから、和紙を検索してみた。

「ほう、和紙のプリンタ用紙ってあるんだな」

50枚で５００円だ。そうだ、紙を売るって手もあるかな。紙は多分貴重品だろ？

「ポチッとな――購入っと」

そんな皮算用をしながら宝石箱にドロップを入れていると、ちょうどドアをノックする音が聞こえてきた。慌てて、プリンタ用紙を袋から取り出し、包装をゴミ箱へ突っ込んだ。

「どうぞ。開いてるよ」

ドアが開くと、燭台《しょくだい》と何かの道具を持ったアザレアが顔を覗《のぞ》かせ、目を皿にしている。

「何？　この明るいの」

「油を使ったランプだよ」

「へぇ～。でも灯油ランプってこんなに明るくないよ？」

「灯油ランプってあるのか？」

「持ってくる？　追加料金が掛かるけど……」

「いや、これがあるからいい」

へぇ、灯油ランプがあるのか。この世界の灯油の値段はどのぐらいするんだろうな。

「ここだと、灯油の値段ってどのぐらいする？」

「え～と、このぐらいの壺で小四角銀貨2枚」

彼女が示した壺の大きさは、人間の頭ぐらい。小四角銀貨2枚と言われてもピンと来ないが、ここの飯付きの宿賃が小四角銀貨1枚だから、2日分の宿賃か。かなり高い代物だな。俺がシャングリ・ラで買ったホワイトガソリンの方が安い。

アザレアが小走りにやって来ると、ランプを覗き込んでいる。

「魔法じゃないのね？」

「魔法のランプってあるのか？」

「私は見たことがあるよ。こんな明かりの色じゃなくて、青っぽい光なんだ」

さすが異世界！　やっぱり魔法があるのか。だが俺が使っているシャングリ・ラも魔法と言えば、魔法と言えなくもない。

「今日は、仕事はないのか？」

「そう、暇なんだ」

彼女はベッドに腰掛けると、脚をブラブラさせている。

「ほら、これが報酬のお菓子だ。甘いぞ」

「え？　ホントに？」

アザレアはよく確認もしないで、ドロップを1つ摘むと、自分の口へ放り込んだ。

「甘い〜い！　へへへ、口の中が幸せで一杯だよ〜」

気に入ったようなので、ドロップの缶を取り出すと、宝石箱の中を一杯にしてやった。

宝石箱の中にドロップ——結構それらしく似合っている。

「ん〜！　こんなお菓子が食べられるなんて、まるで貴族様みたい」

ドロップを口に放り込んだアザレアは両手を頬に当てて、なにやら悶《もだ》えている。

「貴族っているのか？」

「そりゃ、いるさ。でも、あまり関わらない方が得策だよ。こんなお菓子持っているのがバレたら、取り上げられちゃうかも」

「そいつは困るな……それよりも、読み書きを教えてくれよ」

「いいよ〜」

彼女が用意したのは紙とペンだ。わざわざ持ってきてくれたらしい。

「紙は高いだろう。俺のがあるのから、コレを使ってくれ」

「な～んだ。紙の料金も上乗せして取ってやろうかと思ったのに～」

なかなか、しっかりしてるな。

2人で紙とペンを使って文字を書き出して、付き合わせていく。何のことはない、少々違いがあるがローマ字とほぼ同じだ。数字も10進法だし、桁管理もアラビア数字と同じ。これなら対応表を作れば、すぐに覚えられる。読み書きの心配は、杞憂に終わりそうだ。

「な～んだ。ケンイチ、読み書きできるじゃない」

「この国の文字も俺の国とさほど変わらないみたいだな」

「これなら商業ギルドに登録するのは簡単だと思うよ」

「アザレアも読み書きができるなら、商売をやればいいのに」

「商売をやる上で、大事なことって分かる？」

彼女に言われて、ちょっと考える――。

「もしかして、仕入れか？」

「そう！　こんなお菓子とかランプとか仕入先が分かんないよ」

「そうか」

「でも、ケンイチは商売で成功すると思うな～今から愛人候補になっておくかな～？」

「こんなオッサンは止めとけ。お前の親父さんと変わらん年だろう」

「父ちゃんいないし」

「ああ、そうなのか……スマンな」

ヤバい地雷源に突入～！

「いいよ。ケンイチいい人だし」

少々気まずいネタを振ってしまったので、誤魔化すために彼女の似顔絵を描いてみることにした。商売は素人でも、絵は一応プロだ。紙とペンで、クロッキー的なものを描き始めた。

「アザレア。ちょっと動かないでくれよ」

「なになに？」

10分ほどで完成したので彼女に見せる。ランプに照らされて浮かぶ、アザレアの肖像。

「ええ～！　すご～い！　肖像画描いてもらえるなんて、本当に貴族様みたい～」

彼女は絵を胸に抱えてすごくはしゃいでいる。そんなに喜んでもらえるとは思わなかったな。喜んでいるのはいいが、なぜかアザレアが服を脱ぎ始めた。ランプの光に浮かび上がる白い裸体。くっきりとした白と黒の陰影が、ことさら肢体の形を際立たせている。

上着とスカートを脱ぐと、いきなり裸だ。下着らしいものはこの世界にはないらしい。

それ故か――街の女性は皆ロングスカートだったな。

「おおい！　何をするんだ」

「お菓子ももらって、肖像画も描いてもらったんじゃ、あたしがもらいすぎでしょ」

そうか？　そうなのか？　異世界にやって来た早々、こんなことでいいのだろうか……。

◆◇◆◇◆

――次の日の朝。結局やってしまった……ベッドでは裸のアザレアが寝息を立てている。

「はぁ……こんな若い子に何やってんだ、俺」

落ち込んでいても仕方ない、やるべきことがあるのだ。アザレアを起こして、牛乳をかけたグラノーラを食わせる。

「何これ～！　パリパリして甘くて美味しい！　ミルクも甘～い！」

「旅行用の保存食だよ。乾燥させてあるから日持ちする」

裸のアザレアがグラノーラを頬張っている。会話の前に服を着て欲しいのだが……。

「コレも売れると思うよ」

「砂糖や果物を使っているからな――高いと街の人間は買わないだろ？　貴族は相手にしたく

ないしな」

アザレアが甘い物を食べて貴族様みたいと言っていたので、多分、砂糖も貴重品だと思われる。故に、安くは売れないだろう。

「そっかぁ――すごく美味しいのに。金持ちに売れると思うよ」

「金持ちの間で流行ったら、絶対に貴族の耳にも入るだろ？」

「それもそうだね」

普通に食事をしている姿は、18歳の女の子だ。

ついでに彼女に硬貨のことも聞く。元世界との感覚と照らし合わせると、銅貨は1枚1００0円ほどの価値らしい。銅貨5枚で小四角銀貨（５０００円）、小四角銀貨10枚で銀貨（5万円）、銀貨4枚で金貨1枚（20万円）――という感じだ。もっとも、通貨制度も国によって違うらしいが。

――ということは、ここの宿賃は1日３０００円ってことだな。まぁ、素泊まりで３０００円ならこんなもんだろう。昨日も金を使ってしまったので早く現金を稼がないと。俺も飯を食ったら、商業ギルドへ行ってみなければ。

それに昨夜、彼女と話していて気が付いたが、俺のステータス画面は、彼女には見えないらしい。どうやら本人にしか見えないようだ。面白いのは、文字を書いた紙をアイテムＢＯＸにいれて、それを選択すると画面上に表示されるのだ。これで、ギルド登録の際にテストがあっても、カンニングし放題ってわけだ。

飯を食い終わって着替えたアザレアに、今日の宿賃を銀貨で支払い、お釣りをもらう。金は全部アイテムＢＯＸへ入れた——枚数を表示してくれるから、ありがたい。同じ物が沢山あるものを取り出す時には——【何個取り出しますか？】という表示も出る。

ギルドの登録料は銀貨1枚、約5万円か……結構高いが仕方がない。


「ここか……」

教えられた場所にやって来た。目の前にあるのは、白い石造りで3階建ての建物。石には模様が刻まれており、かなり豪奢《ごうしゃ》な造り。窓には全部ガラスがはめ込まれている。

立派なドアを開けて中に足を踏み入れる。窓にガラスがあるせいか、中も明るく広く感じる。正面のカウンターには受付嬢が座っている。立ったまま様子をうかがっていると、商売の相談やら貸付なども行っているらしい。取りあえず正面のカウンターへ行く。

受付嬢は白い服を着て、まるで看護師のようだ。これが制服なのか——頭には長四角の帽子を被っており、それがまた看護師風なのに拍車を掛けている。

「はい、今日はどのようなご用件でしょうか？」

「ギルドへの登録をお願いします」

「承知いたしました。登録料は銀貨1枚になります。それと、この紙にご記入ください」

うっ！　ここで、銀貨1枚――5万円は痛い――俺は恐る恐る聞いてみた。

「あの〜、登録料の分割払いってできませんかね？」

「できますよ」

10回払いにできるようだ。こいつは助かったぜ。

職員から差し出されたのは手書きの登録書類だ。まだ印刷技術がないのだろう。項目は氏名や年齢そのほか――出身地の欄もあるが、この都市ダリアでいいだろう。ほかの地名なんて知らないしな。その右側には算数の問題が――3桁の足し算が3つ、2桁の掛け算が2つ、多分、これがテストなのだろう。拍子抜けだ。

だが、まだ昨日の今日で、文字についてはあやふやなところがある。アイテムBOXを開き、アンチョコの表示を出してカンニングする。

全て書き込んで受付に差し出すとOKが出た。しばし椅子に座って待つ……受付嬢が持ってきたのは、上部に穴が開いた細い棒状の金属。あの若い商人が首から下げていたものか。これがギルドの証なんだな。商売をする時には見える所にこれを掲げないとダメらしい。

それ故、普通の商人たちは首から下げているようだ。登録は無事に済んだし、これで商売しても問題なし。

——次は市場調査だな。ギルドで市場の位置を教えてもらい、外へ出た。

乱雑で人があふれる賑やかな市場——並んでいる店はほとんどが露天で、屋根が付いている店、付いていない店、いろいろだ。販売されている品物も刃物や石と、果物や野菜などの生鮮食料品がごちゃ混ぜに、所狭しと並べられている。

商人たちも結構アバウトに客とタメ口だ。身分が高い連中が相手でなければ敬語は使わないらしい。紙も見つけた。ちょっと茶色な紙が1枚銅貨1枚（1000円）だ。こりゃ、紙を売っても儲かるかもな。あとは……食器かな？　シャングリ・ラで売っているような白い無地の皿が小四角銀貨1枚（5000円）以上で売られているのが目に付く。

柄が入ると値段が跳ね上がるが、あまり売れている印象はない。この市場にやってくるのは、街の一般の人間ばかりで、値段の高い物はなかなか買えないのだろう。

刃物も結構高く、粗末なナイフが1本銀貨1枚（5万円）以上する。シャングリ・ラなら50000~60000円ぐらいで、結構いいものが売っているからな。あれなら銀貨2枚（10万）で売れるかもしれない。でも、錆びないステンレス鋼とか売っても大丈夫かね。いきなり気付かれることはないだろうが、ヤバくなったらほかの都市へ逃げるしかないな。金さえあれば、シャングリ・ラを使ってどこでも暮らせるわけだし。

アザレアが言っていた灯油も見つけたが、すごくサラサラで、元世界の灯油に近い。

だが、臭いが違う――何か、魚臭い。売っている店員に話を聞くと、海にいる海獣の脂らしい。へぇ～、所変われば品変わるってやつだな。ここは海に近いので海獣の脂が手に入るが、もっと内陸の国では、植物から取った油を灯油として使っているという話だ。

「海が近いって話だが――さすがに海産物はないな……」

海産物どころか生の魚すらないが――まぁ、保存が利かないからな。アイテムＢＯＸがあれば海の魚をそのまま持ってくることも可能だろうけど。

「果物を食ってみたいな」

シャングリ・ラでも果物は売っているが、この世界の果物はない。

「おじさん～買っていかない？」

果物を積んでいる女に声を掛けられる。ザルに積まれている果物は10個で銅貨1枚（１００0円）らしい。銅貨の下にも小四角銅貨があり1枚１００円相当なのだが、計算が面倒なのか、細かい商品はまとめ売りがほとんどを占めている。

「う～ん……いろんなのが食いたいんだが、3種類3個ずつで銅貨1枚にならない？」

「いいよ」

買ったのは赤、緑、黄色の果物だが、リンゴっぽい赤い実を1個残して、そのほかは全部アイテムＢＯＸへ入れた。表示は【リンカー】【リンヨ】【リンズ】となっている。なるほど、この赤いのが、アザレアが言っていたリンカーか。

一口食ってみる――甘酸っぱくて、美味い。見た目はリンゴっぽいけど、食感は柔らかく、桃に近い。噛むと鼻腔に抜ける香りと共に果汁が口の中でほとばしる。

こいつは元世界にはなかった味だ。ジュースやお菓子に使っても美味いと思う。

市場をぐるりと回り――商人に金を少々渡して聞き込みもした。情報収集は大切だ。

日が暮れ始める前に宿屋に帰った。夕飯時なので、食堂は沢山の客で賑わっていた。

「お帰りなさい」

「おう、ただいま。これ、おみやげだ」

アザレアにアイテムＢＯＸから取り出したリンカーを1個渡した。

「リンカーだ！　ありがとう、これ甘くて大好き。ギルドに登録できたの？」

「ああ」

彼女に金属製の細い棒――ギルドの証を見せる。

「やったね」

忙しそうなので、会話もそこそこに俺の部屋へ戻る。仕事の邪魔しちゃ悪いしな。腹も減ったので、市場で買った果物を食べてみようか。

リンカー、リンヨ、リンズの3種類を食べ比べてみたが、全部、なかなかの美味だった。

市場の感じも分かったし、明日から商売の準備を始めてみるかな。シャングリ・ラで紐を購入すると、証に開いている穴に通して首から下げた。目標は、3000円投資で1万円の売上。儲けなくてもそこそこ稼げば、必要な物はシャングリラから買えるからな。

目指すのは異世界でのスローライフ。果たして成功するのか。

◆◇◆◇◆

——次の日。商売を始める準備をする。

まずは露店のブースを作らないとな。宿屋の部屋で工作して、でき上がったらアイテムBOXへ突っ込めばいいのだ。

だが、作業の前に、ちょいと腹拵《ごしら》え。朝飯にはアイテムBOXに入っていた柔らかいパンと、いつも新鮮な牛乳——BOXの中は時間が止まっているからな。そして昨日買った果物をかじる。メニューだけ見ると、異世界なのにすごく健康そうな感じがする。

店を作る前に金が少々心細くなってきた。現地通貨でチャージできるのだろうか？　ギルドの登録料をローンにして浮いた銀貨を恐る恐る入れてみる。【入金しました】の文字が出て5万円がプラスされた。どうやら俺の想定レートは間違っていなかったらしい。

さて、それじゃ作るか——まずは設計図だな。紙を出して鉛筆を買い、簡単に図面を引いてから店の製作に取り掛かる。

シャングリ・ラから板と角材を購入、一緒に買ったノコギリで切って、乾電池式の電動ドライバーでネジ止めをする。簡単だ。細い角材なので寄りかかったら壊れてしまうが、こんなもんだろう。やはり屋根はあった方がいいか？　材料を検索していると、1000円で麻のムシロを見つけた。そいつを購入して、木組みの上に藁縄《わら》で固定する。

「おおっ！　それっぽいぞ」

商品を並べるテーブルには、安い合板を使ってみた。オーバーテクノロジーだが、ぱっと見じゃ分からないだろう。ギーコギーコとノコギリで角材を切っていたら——アザレアが下から飛んで来た。

「ケンイチ、何やってるの⁉」

「ああ、店を作ってるんだよ」

完成しつつある、屋根の付いた木枠を見て、彼女は驚いたようだ。

「ええ？　ケンイチって大工さんもできるの？」

大工さんもできるって言い方は少々変だろうと思いつつも、返事をする。

「まぁな。この部屋は傷つけてないし、木屑はあとで片付けるから、心配いらないよ」

「へぇ～、変わった道具が沢山あるね」

俺の大工道具に彼女は興味津々だ。

「危ないから、触るなよ」

店の中にテーブルを設置して、椅子を買ってみる――丸い座面のスツールってやつだ。アザレアはアイテムＢＯＸから取り出していると思っている。テーブルの右側に木製の棚を設置。その棚に突っ込むように丸い棒を渡して、左側を木枠から縄でぶら下げて固定。これに、商品やチラシをぶら下げて、アピールするつもりだ。

「すご～い！　お店みたい」

「お店みたいじゃなくて、お店なんだよ」

商品のポスターや売値などを吊り下げるために木製の洗濯バサミを購入する。２００個入って１０００円だ。その洗濯バサミで絵を挟んでいると、アザレアがまた叫ぶ。

「何それ！　欲しい。洗濯物を挟むやつでしょ？」

「そう、これと似た物があるのか？」

彼女の話では――細い木を割って尻を紐で結んだ洗濯バサミらしきものはあるのだが、上手く挟めなくて、すぐに落ちてしまうらしい。

「これも売るの？」

「ああ、売ってもいいな——2つで銅貨1枚ぐらいか」

彼女のリアクションを見て、これは売れるんじゃないかと思った。

200個1000円のものを2個1000円で売るのは、かなりボッタクリのようだが、このようなものが存在していないのなら、適正価格だ。元は大量生産だから安いが、手作りしようと思ったら、それなりの値段になると思う。それにこれは、真似をしようと思えば、この世界でも作れるだろうから、オーバーテクノロジーでもないだろう。

「ほらよ」

「ありがとう〜！」

彼女に洗濯バサミをやる。抱きついてキスをしてくるのだが、そんなことをされると、夜のことを思い出してしまうじゃないか……。パタパタと階段を降りていくアザレアに、年甲斐もなくそんなことを思う。イカンイカン！　取りあえずは、商売だ。

完成した木枠やテーブルをアイテムBOXの中へ入れると、問題なく吸い込まれた。

問題は何を売るかだな。安くて売れそうな商品を選択しなければ。

「う〜ん……」

無地の皿と、単色の模様が入った皿――５００～８００円ぐらいのセット売りのものを40枚ほど買った。１枚８００円の深皿を３枚。５０００円と６０００円のナイフを１本ずつ。それから、買って残っている和紙を30枚ぐらい並べてみようか。

あとは、無地の白いハンカチなんてどうだろう――簡単な刺繍が入ったハンカチを８００円で2枚購入。白いハンカチは、刺繍の量が増えるほど金額が上がるようで、全周に刺繍が入った物も買ってみる。２０００円だ。取りあえず、コレでいってみるか。全部をアイテムＢＯＸへ入れる。準備ができたので、宿の階段を降りる。

「ケンイチ、市場へ行くの？」

「ああ。行ってくるぜ」

「頑張ってね～」

応援はありがたいが、マジで頑張らねば、飯が食えなくなる。まぁ、それなりの値段で、元世界の品質のものが手に入るんだ。全く売れないってことはないだろう。

そう信じるしかない。金がマジでなくなったら、ちょいと危ない橋でも渡ってみるか……。

天気は快晴、商売日和だ。まずやることは場所の確保。市場で商売をやっている所はほとんどが露店。商品を手に、朝にやって来て店を広げ、晩になったら帰る。

露店の場所は指定されてはいないようだが、ベテランと老舗の場所は、ほぼ決まっているようだ。つまり、市場の中央からベテランが埋めていき、新人のぺーぺーは一番端っこってことだ。まぁ、これはしょうがない。新参者は大人しくしてないと。トラブルを起こしたりすれば、市場で商売できなくなってしまうからな。

市場の一番端っこへ行って店を広げる準備をする。一応、隣の店に声を掛ける。

「ここ空いているかい？」

「大丈夫だよ」

隣にいたのは初老の女性だ。商人ってのはちょっと派手な格好をしてる奴が多い。飾りやアクセサリーを沢山付けてたりな。この女性も縮れた髪の毛の先端にアクセサリーをいくつもぶら下げ、ネックレスを沢山かけていた。もしかして、それも売り物なのかもしれない。

自作した木枠の店をアイテムＢＯＸから取り出して、隣の露店の位置に合わせる。

「旦那、もしかしてアイテムＢＯＸ持ちかい？」

「ああ、小さいけどな」

「羨ましいねぇ。手ぶらでいろんな物が運べるんだろう？」

そりゃそうだな。アイテムＢＯＸがなければ、店の部材をいちいち荷車で運んで、組み立てなければならない。

「アイテムＢＯＸ持ちなら、もっと市場の中心に行けばいいのに」

「ここへ来たばかりだからな。新参者がデカい顔はできないよ」

テーブルを置き、店を組み立てて、白いシーツをテーブルクロス代わりにして、商品を並べる。風が吹いていて紙が飛んでしまうので、３００円の文鎮を2個購入した。

「ちょっと、皿を見せておくれよ」

また、隣の女性に声を掛けられたので、一番安いものを1枚渡した。

「いいものだねぇ」

彼女の話では、もっと値段を付けられるというのだが——取りあえず、バーゲンでも何でも、売らないと金にならないからな。

「店を開いたばかりなので、ご奉仕価格さ。まずは、客に覚えてもらわないとな」

さて、準備は整った——ハンカチを洗濯バサミで挟んで見える所に吊るす。その隣にはナイフが角材から縄でぶら下がっている。

「旦那、それ、洗濯物を挟むやつだろ？　ちょいと見せてくれないかい」

隣の女性がまた声を掛けてくる。

「これっていくらなんだい？」

「2つで銅貨1枚（１０００円）」

「じゃあ、６つほどおくれよ！」

「買うのか？」

「別に隣の店が買っちゃいけないって決まりはないじゃないか」

隣の店の女性にオマケを入れて洗濯バサミを7個渡し、銅貨3枚（３０００円）をもらう。

洗濯バサミが売れそうなので、ＰＯＰも作ることにした。

――画期的洗濯バサミ　2個で銅貨1枚　6個で1個オマケ
スツールに座り客を待つ。市場をグルグルと回ってみた印象だと、呼び込みなどをしている店はあまりない。静かに商品を客に吟味してもらうのが、この世界の流儀らしい。

客が来ない時は、シャングリ・ラの画面を出して電子書籍を読む。月１０００円払えば読み放題だ。異世界で異世界ラノベを読む――何という混沌《カオス》だろうか。


――そして、昼過ぎ。昼飯のパンをかじる。

午前中は洗濯バサミが30個ほど捌《さば》けて、オマケが4個――1万５０００円を売り上げた。1日1万円稼げればＯＫと思っていたが、洗濯バサミだけで食えそうな感じだな。だが、売れれば似たような物を真似して作る商人もいるだろうし、いろいろと商品も考える必要がある。汁気のないパンを咀嚼《そしゃく》していると、声が掛かった。

「このナイフを見せてもらいたいのだが」

　顔を上げると、金髪の好青年って感じの男が立っている。腰に帯剣しており、街の人間とは身のこなしが明らかに違う。アーマーなどは着ていないが、おそらく騎士か何かだろう。だとすると身分が高いはずなので、敬語の方がいいか。

　男が指さしたのは、グリップが黒い６０００円のナイフだ。

「はい、どうぞ。新品でございますよ」

　男にナイフに渡すと、興味深そうにマジマジと観察している。

「いい物だな。いくらになる?」

「これは、銀貨2枚（10万円）でございます」

「ほう、高いな――だが、こんな綺麗な刃は見たことがないし、それも納得だ。しかし、もう少し大きいのが欲しいのだが……」

　元世界には銃刀法ってややこしい法律があるから、あまり大きい刃物はないんだよ。あるとすれば、剣鉈《けんなた》か……。俺は、売上のうち小四角銀貨4枚（2万円）をシャングリ・ラにチャージして、刃長30㎝２万５０００円の剣鉈を購入した。

「大きいものだと、こんな感じになってしまうのですが――鉈として打たれた物ですが、柄とヒルトを交換すれば、戦闘にも使えると思います」

それを見せると、騎士は革製の鞘から剣鉈を抜いた。

「おおっ！　これは美しい！　これは、いくらになる」

「金貨1枚（20万円）です」

「高い……高いが、このように美しい物は……う～ん」

ずいぶん真剣に悩んでいるようだ。だが、これはあまり安くできないし、大金を払えそうな客からは取らないとな。騎士様はしばらく悩んでいたのだが――。

「よし、買うぞ」

決心がついたようだ。

「買いますか？　それでは、オマケにこれを付けさせていただきます」

俺が出したのは、２０００円の砥石《といし》。

「ほう、コレは砥石か。変わっているな」

「こちらの茶色が荒目。草色の方が細目でございます」

「なるほど、2つをくっつけたのか。これは便利そうだな。では、金貨1枚」

「お買い上げ、ありがとうございます」

騎士は満足そうに、剣鉈を持って帰っていった。柄とヒルトの直しは、懇意にしている武器屋に頼むそうだ。他店で買った武器のメンテなんて、嫌な顔をされないか心配になるが、そんなことはないらしい。

大物が売れたので、今日は上がるか……。毎日このぐらい売れてくれればいいけどな。まぁ、取らぬ狸の皮算用は止めておこう。

「なんだい、もう帰るのかい？」

片づけを始めると、隣の店の女性が話しかけてきた。

「初日から、デカいのが売れたからな」

「景気がよくて羨《うらや》ましいよ」

「まぁまぁ、洗濯バサミ2つやるから、元気だしなって」

「ありがたくもらっとくよ」

商品と木枠、テーブルをアイテムＢＯＸへ突っ込めば帰宅準備完了だ。簡単でいい。

帰りに衣服などを見て回る。革のジャケットやジャンパーらしき物もあるのだが、値段が高い。おおよそ銀貨2枚（10万円）ほどだ。一生ものとして修繕しながら着るようだ。

革ジャンなら、シャングリ・ラで買った方が安いが、皆ファスナー仕様だからなぁ。

この世界で、ファスナーは拙いだろう。明らかなオーバーテクノロジーだ。

市場で服を眺めつつ、宿屋へ帰ってきた。

「お帰り～」

「5日分の宿賃をまとめて払うよ」

小四角銀貨3枚（1万5000円）を、アザレアに渡す。

「儲けたの？」

「まぁまぁだな」

金も入ったし、着たきりスズメだったので、シャングリ・ラで襟なしの黒いシャツを買う。靴は、今までシューズだったのだが、違和感バリバリだったので、市場で買った簡素な革靴に履き替えた。そろそろ、熱い風呂に入りてぇなぁ……この世界で風呂に入れるのは王侯貴族だけらしい。

だが、シャングリ・ラを検索すると、2万円ぐらいでドラム缶風呂を売っている！

これに川の水などを溜めて、焚き火で温めればいいってことか。水の汲み上げには、ポンプを使えばいい——これは、いけるぞ。そのうち実現しなくては。

商売初日は、いきなり高額商品が売れてラッキーだった。だが、いつもこう上手くいくとは限らない。もう少し効率のいい売り物はないだろうか。売った中で一番よかったのは洗濯バサミだったが……。今日ゲットした金貨をシャングリ・ラのチャージに入れてみる——すると、20万円が入金された。

「やっぱり、レート的には間違ってなかったか」

レートの確認ができたところで、寝ることにした——。

「待てよ！」

俺はいいことを思いついて、ベッドから飛び起きた。

「地金はどうだ？」

シャングリ・ラには記念コインなども売っているのだ。値段を調べると金貨はかなり高くて、この世界と相場は同じぐらい——しかし、銀貨は安い！　これはいい裏ワザを見つけたんじゃないか？

◆◇◆◇◆

——次の日、俺はシャングリ・ラから銀貨を購入した。やはり、この世界の相場よりかなり安い。

市場で聞き込みをすると、通り沿いに国営の両替商があるという。

そこで、大通りに行ってみると、硬貨に剣が突き刺さった紋章が描かれた看板が見えてきた。

石造りの3階建てで、玄関は一段飛び出した造りになっており、そこから短い階段が伸びている。窓には全てガラスがはまっており、立派な造りだ。さすが国営施設。

受付で両替の申し込みをしてしばし待つ——しばらくすると名前が呼ばれた。カウンターへ駆け寄ると、メガネを掛け、ベストと蝶ネクタイ姿の男性職員が質問を浴びせてきた。

「お客様、これをどこで手に入れられました？」

え〜と、そこまで考えてなかったぞ……どうしよう——そうだ。

「あ、あの洞窟に入った時に偶然……」

「なるほど——ダンジョンですか……この銀貨にはかなり高度な鋳造技術が用いられており、然るべき工房へ送り詳細に調べたあとであれば、その価値は数段上がると思われます。私も長らく硬貨を扱い、さまざまな品を拝見してまいりましたが、このような素晴らしい硬貨を見ることができるとは、まさに眼福《がんぷく》でございました」

なんだか、淡々と丁寧に硬貨への愛を語るこの男も、少々変わっているな。そりゃ、近代テクノロジーで作られているからな、できがいいのは当たり前だが、さすがによすぎたか？

「あの……俺に難しいことを言われても分からねぇし。使える金貨に交換してもらえれば、それでいいですよ。調査とやらは、そちらでやっていただければ……ははは」

笑って誤魔化す。

「承知いたしました」

男が残念そうにメガネをくいっと上げると、木皿に金貨が1枚出された。

「お手数をおかけしました」

金貨をゲットしたので、早々に立ち去る。上手くいったはいいが、冷や汗ダラダラ心臓バクバクだ。こんなの絶対に問題になる。これ以上持ち込めねぇ！　いい考え《裏ワザ》だと思ったのだが、銀貨の出どころを追及されたらヤバいことになる。

俺が銀貨を潰して鋳造し直せばＯＫかもしれないが、貨幣の私鋳造は極刑だろう。何もそんな危ない橋を渡ることはない。儲ける方法はいくらでもあるのだ。

市場であちこちを見て回る。火石《かせき》という燃える石を使ったコンロらしき物を見つけた。意外とハイテクだな。この火石を点火装置に使った、灯油ランプもある。

アザレアが言ってたのはこいつか。だが、ものすごく値段が高い。コンロは中古で30万円相当、灯油ランプは10万円だ。これならシャングリ・ラで買った方が、断然安い。

そのあと、自分のスペースへ行き店を出す。さすがに昨日のようなラッキーは続かず、洗濯バサミが30個ほど売れただけ。やはり、この洗濯バサミは定番商品になりそうだな。もっとディスプレイを考えた方がいいかもしれない。洗濯バサミを繋ぎ合わせ、モールを作ってブースを飾る、とかな。――今日は早々に店じまいをすることにした。

宿に帰ってきて夕飯にする。

「少し余裕が出たし、何かほかの食い物を……カレーが食いたいな」

――と言ってもカレーを煮込むわけではない。パウチに入ったインスタントカレーだ。

シャングリ・ラで検索をする。金が入ったから、ちょっと高いやつにするかな――。

【ご当地カレー4種セット】か、これがいい感じだ。4袋入りで1600円だから、1袋400円で、インスタントとしては結構高い。なになに……。

甘くて辛い、甘さが病みつきになる甘辛カレー――ふ～ん、なかなか美味そうだ。

海の幸がたっぷり、カニもやアワビも入ってます、シーフードカレー――マジかよ、400円で元が取れるのかよ？　カニカマじゃないだろうな？

特産、○級肉を使ったビーフカレー――ありがち、ありがち。

そして、謎の肉を使った、謎の肉カレー。

ネタとしても面白いので、まずは謎の肉カレーを食ってみた。

「いただきま～す」

さすが高いだけあって、スパイスの香りが鼻孔へ抜けて華麗なアンサンブルを奏でる。爽やかながらもコクもある。しかし謎の肉って何だよ。1袋100円とかのインスタントカレーと比べたら雲泥の差で美味いんだから、普通に売った方がいいと思う。

「食った食ったぁ」

ここに来てからそんなに経ってないのに、すごく久々にカレーを食った気がする。

膨れた腹で、シャングリ・ラを検索——次の売り物を考える。

アクセサリーがいいかもしれない。銀製品はこの世界では高いのだが、シャングリ・ラでは安い。その差分で大きく儲けることができる。これはチャンスだ。

検索してみると銀のアクセサリーが結構ある。石がはまっているのもあるが、安いものならダイヤや水晶ではなく、ジルコニアやスワロフスキーだ。

だがこれでも、この世界では、それなりの価値があるだろう。ネックレス、ブローチ、イヤリングなど5点ほどを1万円で購入した。

買ったアクセサリーを眺める。ランプの光にキラキラと輝く銀のアクセサリーが女心をわし掴《づか》みにしてくれることを期待しつつ、寝ることにした。

◆◇◆◇◆

——次の日も、朝からカレーを食う。朝カレーだ。朝のカレーは美味い。野菜や肉にもたっぷりと味が染みていて、混然一体の小宇宙と化しているのだ。

だが、こいつはレトルトなので、いつも同じ味だがな。カレーを食いながら、決意を新たにする。異世界スローライフ計画のためには、まだまだ資金が足りない——頑張らねば。

市場へ到着して、店を広げる——今のところ新参者は俺1人だけらしい。

横棒に銀のネックレスや、ブローチなどを引っ掛けて吊り下げる。こうやって、キラキラしてくれて、人の目を引くことを願う。店を開いて30分ぐらい——客を持ちながら、スツールに座り、道行く人々を眺めていた。

すると、毛皮を着た大きな耳をした女が尻尾をフリフリ歩いてくる——獣人だ。

最初、市場で見た時は少々驚いてしまったのだが、見慣れればどうってことはない。獣人ってのは裸でも平気らしいが、それだと公序良俗に反するってことで、申し訳程度の服を着ている。

簡単な布製のベストと尻尾を出したミニスカートという出で立ちだ。一般の女たちは、下着を付けていないので、くるぶしまであるロングスカートが普通なのだが。

しかし、暑くはないのだろうか？　犬も猫も暑さには弱かったはずだが。その獣人の女を見ていたら、彼女の動きがピタリと止まった。

あ、ヤバい。見過ぎたか？　女は尻尾を立てると、こちらへ一直線で向かってきた。

「へい、いらっしゃい」

取りあえず挨拶をして誤魔化す。だが女は何も言わず、くんくんと辺りを嗅《か》いでいる。

「何か――？」

「香辛料の匂いがするにゃ！」

にゃ？　黒い毛皮っぽいが、よく見るとトラ柄だな。

やはり、人というよりは猫だ。それにしても香辛料か――もしかして、朝のカレーかな？

だとすると、かなり鼻がいいな。

「それが何か？」

「香辛料持ってるなら、売って欲しいにゃ！」

「ああ、持ってるが、売り物じゃないんだよなぁ。それに、ここじゃ香辛料を売ったりすると
ヤバいって話も聞いたし」

「そうだよ旦那。バコパに目を付けられたら面倒だよ」

隣の露店の女性が、話に割って入ってくる。

「ほらな」

「にゅ～」

がっくりと肩を落とし、尻尾まで垂らして可哀想だが、スパイスシンジケートに目は付けら
れたくない。獣人の女は肩を落としトボトボと帰っていった。

それから1時間は、洗濯バサミが6つ売れただけ。まぁ、こんな時もあるさ。

暇なので、シャングリ・ラを開いて電子書籍を読んでいると声が掛かった。

「洗濯バサミをください」

顔を上げると、細い目のメイドさんが立っていた、紺のロングワンピースに白いエプロン、黒い髪のおさげを左右の耳横でドーナツみたいに纏めている。彼女はサンプルの洗濯バサミを指でニギニギしていた。洗濯バサミを１００個欲しいという。

「１００個だと――え～と、銀貨1枚になるぜ？」

「値段は知ってましたから、代金は持ってきました」

話を聞くと、彼女は大きなお屋敷のメイドさんらしい。そりゃ奉公人が何十人も入れば、洗濯バサミを１００個ぐらい使うかもな。

知り合いが買って自慢していたので、それを見た彼女が、雇い主に掛け合ったという。

「いちにぃさん……」

洗濯バサミをテーブルの上に10個積んでタワーを作る。この横に同じ高さのタワーを作れば、いちいち数える必要がない。コインと同じだな。

「ほい！　１００個。６個で1個オマケなんで、プラス16個オマケで付けるよ」

「ありがとうございます」

メイドさんが、ペコリを頭を下げると、持ってきた布袋に洗濯バサミを入れはじめた。

「ああ、ちょっと広げててくれよ。俺が入れてやる」

ガシャガシャと、洗濯バサミを布袋の中へ放り込む。

「ありがとうございます」

再び、頭を下げた彼女であったが、頭を上げると目の前のネックレスに気が付いたらしい。手に取ると、じ～っと見ている。

「こ、これは——金剛石《ダイヤモンド》なのでは？」

「それは、磨いたガラスだよ。こちらの色付きもそうだ」

「ガラス……」

本当は、ジルコニアだけどな。ダイヤモンドじゃないから、ダイヤモンドと言うわけにはいかないだろう。

「値段は？」

「小四角銀貨6枚（3万円）だな」

「それでも、かなり安い……」

彼女はジルコニアが入った銀のネックレスをじ～っと見ている。本当に穴が開くほど見ている。かなり安いと言っていたが、場所を選べば、もっと高くても売れるってことか。

「気に入ったのなら、取り置きしておいてもいいぜ。まぁ、簡単には売れないとは思うが」

「お願いします」

なんだが、あまり喜怒哀楽がないように見える彼女だが、ネックレスが気に入ったようなので、取り置きということにする。

メイドさんは、洗濯バサミを116個抱えて、帰っていった。

なるほどな～。大きな屋敷なら、洗濯バサミも大量に使うのか。デカい屋敷を歩き回って、直接売り歩く手もあるな……。まぁ、歩くのは面倒だから、この場所でいいが。

結局夕方まで、洗濯バサミしか売れなかった。それでも洗濯バサミだけで5万円以上だ。それにネックレスも1つは売れる予定が入ったしな。今日はこのぐらいで引き上げるか。

片づけをしていると、黒い影に囲まれた——見れば、毛並みのいい毛皮を纏った獣人たちだ。全部で4人。その1人は、朝に俺の匂いを嗅いでいた女の獣人だ。

獣人の男たちは皆、布製ベストを着て、縄をベルト代わりにした半ズボンのような物を履いている。毛皮もいろいろと模様があるんだな。これは元世界の猫と一緒な感じか……。

「悪いが、もう店じまいだぞ」

「旦那、俺たちに香辛料を売ってもらえねぇか？」

「ええ？　ダメダメ。ヤバい所に目を付けられたら、ここで商売できなくなっちまう」

「そこをなんとか」

頭を下げる獣人たちだが、下げられても困るなぁ。

「おいおい、獣人のあんちゃんたちよ～。あまり無茶言っちゃいけねぇぜ？　その旦那だって、生活掛かってるんだからよ」

「うう……」

通行人からもヤジが飛び始めて、獣人たちは尻尾を垂らしてしょんぼりだ。

「しょうがねぇなぁ……」

獣人たちを集めて円陣を組むと、ヒソヒソ話をする。

「香辛料は売れないが、街の外で香辛料を使った料理をおごることならできる。それなら文句は言われないだろう？」

「いいのか？」

「でも、1回だけだぞ。街へ来る途中に川があったろ。あそこの河原で飯を食おう」

「ヒャッホウ！」

「ニャ～！」

獣人たちが小躍りしている。いつの間にか、隣の店の女性がニヤニヤしながら混じっていた。

「あたしもご相伴《しょうばん》にあずかろうかね、へへへ」

調子のいいババァだな。まぁしょうがねぇ、袖振り合うも多生の縁ってやつだ。この女はアナマという名前らしい。獣人たちを入れて6人で街の外の河原を目指す。普通に歩いていたら時間がもったいないと――獣人たちが俺とアナマを背中に背負って走りだした。

「おおおおっ！　速ぇぇぇぇ!!」

「ひゃぁぁぁ！」

悲鳴を上げる俺とアナマを背負って、人間では考えられないようなスピードで河原に到着した。なんちゅうスピードだ。これでも全力疾走ではないらしい。

6人で河原に降りる。そろそろ空が紫色になり始めた。獣人たちは火をおこすという。それじゃ俺は料理を始めるか。アイテムBOXから店に使っていたテーブルを出して、調理台を作る。カセットコンロを2つ出して、シャングリ・ラで大鍋とデカい中華鍋、そして野菜詰め合わせセットを買う。皿とスプーンも足りないな。まぁ金に少々余裕ができたので、いろいろと揃えるか……。大鍋に水を張って、お湯を沸かす。スープはポタージュにしよう――袋に入っているインスタントポタージュスープを買う。

「あれ？　旦那、火石コンロ持ってたんですかい？」

「まぁな」

これは火石コンロじゃないけどな。説明する必要もないだろう。獣人たちが焚き火を用意してくれた。日が暮れると少々冷え込むので、料理に使わなくても火は必要だ。

「何もない所から出したのは、アイテムＢＯＸってやつですかい？」

「そうだよ」

「初めて見たぜ。なぁ？」

獣人たちは、いろいろと出てくる道具を不思議そうに見つめている。

「あたしも手伝うよ」

アナマが買って出てくれたので、手伝いをお願いする。

「それじゃ、この野菜を細かく薄く切ってくれ。適当でいいぞ」

見たこともない野菜にアナマが困惑している。

「全部食えるから大丈夫だ」

アナマが切った野菜を炒めている間、中華ダシとオイスターソースをシャングリ・ラで購入して、鍋に投入。油の弾ける音と、白く香ばしい煙の匂いが食欲をそそる。それは俺だけではなく獣人たちも同じようで、鍋の中をじっと見つめている。彼らの視線を感じつつ、味付けの塩、鷹の爪を投入。そんなに見つめられると少々やりづらいのだが……。

「お湯沸いたにゃー」

鍋のお湯に、ポタージュスープの素を16袋全部入れて、弱火にする。こいつらなら、このぐらいは食うだろ。投入した粉はすぐに溶け、黄色く粘りを増してくる。

「鍋が焦げ付かないように、棒でかき混ぜててくれ」

「分かったにゃー」

アイテムBOXから以前買った豚こまを出して、中華鍋の中へ全部投入する。多分750gぐらい残ってたはずだ。しかし中華鍋がデカ過ぎて火力が足りない。カセットボンベバーナーも使って、火力アップ。

「アナマ、この炎を上から当ててくれ」

「こうかい？」

見たこともない道具ばかりで、彼女はちょっと引き気味だ。

具材に火が通ったら、缶に入ったカレー粉を投入して、しばらく炒める。

「よし！　カレー風味、肉野菜炒めの完成だ」

「いい匂いだにゃー！」

「おおっ！　たまんねぇぜ！」

皿を人数分購入して、カレー風味炒めと、ポタージュをよそう。

「好きなだけ食ってくれ」

「うおお！」

獣人たちは、一斉に料理に群がった。

「そら、パンは食い放題だ」

この世界に転生して最初に買ったパンの詰め合わせ3袋を、大皿を買って山盛りにして出した。

「うひょー」

「なんだ、このパン！　柔らかくて甘くて、うめぇ！」

「美味しいにゃ！」

「本当に柔らかくて美味しいね」

パンは皆に好評だ。カレー風味炒めはどうだろ？

「こっちの香辛料料理もうめぇ！　辛いけど、うめぇ！　すげぇいろいろな香辛料が入ってるぞ」

「なんじゃこりゃ、こんな美味いの初めて食った！　このスープもうめぇ！」

「にゃー！　ピリピリ来るにゃー！　美味いにゃー、いい香りだにゃー！」

「ひゃー、こんなに美味くていいのかね。それに銀のスプーンで食べるなんて、貴族様みたいだよ。見たことない野菜ばっかりで、一時はどうなることかと……」

それはステンレスで、銀じゃないんだけどな。

普通の家庭では木のスプーンを使っているようだ。皿も陶器は高いので木の皿だったり。シャングリ・ラでも木の皿は売ってるが、陶器の方が高く売れるからな。

ともあれ、口に合ったようでよかった。だが、全然足りないんじゃね？　かなり大量に作ったつもりだったんだが……。追加でウインナーの詰め合わせを1kg購入する。

「足りないなら、コイツを焚き火で焼いて食え」

言われた通りに木の枝にウインナーを刺して焼く獣人たち。シュールな絵面だな……なんだが、微笑ましい。

「おっ！　コイツも、皮がパリっとしててうめぇ！　噛むと中から肉汁が出てくるぜ」

ウインナーを初めて食った彼らだが、アナマはこれに似た保存食を知っているという。

「しかし、こんなのを食うと、酒が欲しくなるなぁ」

「あんたら、ちょっとは遠慮しなよ。こんなの普通は1週間分のメシ代がすっ飛ぶんだよ」

「まぁ、アナマ。せっかく皆楽しんでいるんだ、酒も出すとするよ。ただ口に合わんかもしれんぞ？」

「なぁに、酒精《アルコール》が入ってりゃ、何でもいいですぜ」

シャングリ・ラで、ペットボトルに入った4Lの焼酎を買う。

「ほら、これだ。だけどな、ここで飲み食いした物に関しては、絶対に秘密——他言無用だ」

「分かってますよ」

酒飲みがこれに手を出したらヤバいという一番安い焼酎なんだが、皆には好評みたいだ。

男たちは皆酒を飲んでいるが、獣人の女は飲んでいない。聞けば、不測の事態に備えて、1人はシラフの奴を残しておくそうなのだ。皆は酒だが、俺は基本飲まない人間なので、みかんジュースを片手に飲兵衛さんに付き合う。酒を飲んでいない女にもジュースを振る舞う。

「美味いにゃ～。これは、甘酸っぱい果実の汁だにゃ～」

彼らがあっという間に4L飲み尽くしそうなので、追加で4Lを出す。空きのペットボトルはゴミ箱へポイ。

「旦那、甘やかし過ぎですよ」

どうもアナマはお小言が多いタイプらしい。

「そういえば、まだ名前も聞いてなかったな。俺はケンイチだ」

「俺っちは、ニャケロ。女はミャレー、あとの2人はニャルメロとニャンジーだ」

――既に日は落ち、周囲を漆黒が包み始めている。

俺は後片付け中だ。アナマに手伝ってもらい、焚き火の灰を使って食器を洗ってもらっている。ここでは灰を使うのが定番らしい。彼女にはスポンジを貸してある。

「旦那、これって海綿ですか?」

「お、海綿って知ってるのか？」

彼女は大きな屋敷で下働きをしていたことがあるらしい。その時に海綿を使ったようだ。食器を傷つけないための配慮なのだろう。試しにシャングリ・ラを覗いてみると、海綿って普通に売ってるんだな。これは知らなかったよ。

空を見上げると黒い空に星が出ている。空気が綺麗なのか星の数がすごい。

彼らの話では、暗くなると城壁の門が閉まるという。魔物や野盗の侵入を防ぐためらしい。

「そういうことが多いのか？」

「ここら辺じゃ聞かないけど――40リーグ（約60km）ほど離れた山の中に、シャガってヤバい奴らがいるんだよ」

アナマがちょっと興奮気味に話す。

「なんだ、野盗か？」

「そうなんだよ。かなりデカい野盗の集団で、なんでもアリのヤバい奴らなんだよ」

そいつらは、森の中の朽ち果てた古城跡を根城にして、近隣の村や街を襲い略奪を繰り返しているという。

「今日は、ここに野宿だけど、ここら辺は大丈夫なんだよな？」

「森に入らなきゃ大丈夫でさぁ」

そういえば、薪を買ったままだったな。アイテムＢＯＸから薪を取り出す。

「薪も残ってるから使ってくれ」

「それが、アイテムＢＯＸですか。何でも入ってるんですねぇ」

と獣人のひとりが感心したように言った。

「あまりデカい物は入らないがな」

「それでも、便利なものですねぇ」

「ああ」

なんだ、酔っ払っているのか？　喋りが緩慢になって来たな。そのまま黙って飲んでいるかと思ったら、獣人たちが服を脱ぎ始めた——もちろん、女もだ。

「おいおい、何を始めるつもりだ？」

「身体を洗うんでさぁ」

何だよ、びっくりしたわ。目の間で乱交でもされたら、どうしようかと思ったぜ。彼らは焚き火で照らされた真っ黒な川へ入ると、ゴシゴシと身体を洗い始めた。

毛皮の手入れを怠ると、ダニやノミで大変なことになるため、毎日身体を洗うらしい。すごく綺麗好きってことだ。彼ら獣人たちは毛皮を着ているので、服を脱いでも恥ずかしいという感覚はないそうだ。

「ほら、石鹸を貸してやるよ！」

アイテムＢＯＸから石鹸を取り出すと、彼らに白い塊を放り投げた。

「うひょー！　石鹸を使えるなんて、マジで貴族様みたいだぜ」

「にゃー！」

彼らは、毛皮に石鹸を塗りたくると、ゴシゴシと擦り始めた。

さすがに、盛大に泡が立って、雪だるまのようになっている。

「ケンイチ、後ろ塗ってにゃ」

ミャレーが、石鹸を持って俺の所にやって来たので、背中を石鹸でゴシゴシしてやる。毛皮で分からなかったが、まるで筋肉の塊だ。あれだけ速く走れるのも納得できる。

「旦那、それは売り物でしょ？　いいんですか？」

「石鹸は俺が使ってる物だから、大丈夫だ。売る分は別に取ってあるし」

「よく、人がよすぎるって言われないかい？」

アナマの目には俺が浪費しているように映るようだ。

「そう言われることもあるが。俺は人もよくないし、やさしくもない。自分勝手で、自己中心的な人間だ。今日のもタダの気まぐれだしな」

「そうなんですか？」

「今日はおごるが、もし今後彼らが俺にたかってくるようだったら、俺も手のひら返す。馴れ馴れしくされるのも嫌いだしな」

「安心しましたよ」

「アナマも、川で身体を洗ったらどうだ？」

「あたしゃ、これでも女ですよ！」

「あはは、すまん」

そのまま獣人たちを眺めていたのだが、男たちが川で泳ぎ始めた。

「うひょー、気持ちいいぜ！」

そりゃ、酒で火照った身体に、冷たい水は気持ちいいだろうが……。

「おいおい！　酒飲んで川へ入って泳いで、大丈夫なのか？」

「ははは！　大丈夫でさぁ――あ――ゴボゴボ」

返事をしていたニャケロの動きが突然止まり、ゆらゆらと川の流れに任せるままになっているようだ。そのまま暗闇の中へ消えていく。

慌ててアイテムＢＯＸから、ＬＥＤヘッドライトを取り出して川面を照らす。

「早速、溺れてるじゃねーか！」

俺が川へ入ろうとすると、ミャレーが飛び込み、ニャケロの元へ向かった。ニャケロを引っ張ってきた彼女は、軽々と巨漢を担ぎあげ、河原へ放り投げた。

「ふぎゃ！」

カエルを踏みつぶしたような声を上げたニャケロだが、もうデロンデロンだ――おそらく、強い酒を飲んで泳いだので、一気に酒が回ったのだろう。

「こういうことが度々あるので、誰か1人はシラフなのにゃ」

「なるほどな。それにしても、この暗さで、よく見えたな」

「ウチら、夜目が利くにゃ」

さすが、獣人――天然スターライトスコープってやつだ。鼻はいいし耳もいい、それに夜目も利く。だが、視力自体は人間と変わらないらしい。

「旦那、それ魔法のランプかい？」

「ああ、そんなもんだ」

「商売の上手い人はいろいろと持ってるんだねぇ……」

不満そうに焼酎をチビチビと飲むアナマだが、俺のヘンテコ能力については説明できん。

それにしても、ずぶ濡れになって、身体の線が露わになった獣人たちは筋骨隆々だ。こんなのに襲われたら絶対に助からんな。それにナニもデカい。こりゃ、人間は敵わん……。

彼らは動物と違い知能もあるし、武器も使えるからな。ミャレーは弓を使った狩りが得意だという。それで生計を立てているようだ。

「それはいいが、ずぶ濡れで寝たりして風邪をひいたりしないか？」

「こんなのいつもだから、大丈夫にゃ」

そういうもんなのか。しかし、濡鼠《ぬれねずみ》の彼女が可哀想なので、アイテムＢＯＸからバスタオルを取り出して、濡れた身体をふいてやる。

「ふにゃ～」

彼女は気持ちよさそうだが、バスタオルはあっという間にびしょ濡れ。シャングリ・ラからもう１枚バスタオルを購入した。だが２枚でも足りないな。こりゃ３、４枚必要かも。

「もう、大丈夫にゃ」

半端だが、彼女はこれでいいという。すぐ乾くらしい。それにしても１回ふいただけで、バスタオルが毛だらけになってしまった。

溺れてひっくり返っているニャケロ以外の獣人は、焚き火に当たって毛皮を乾かしている。

「なるほど。こういうのが普通なのか」

まぁ、ここにはドライヤーはないしな。だが、ドライヤーで乾かしてやったら、さぞかしフワフワになるに違いない。夜もふけて、少々冷えてきたので、毛布を２枚シャングリ・ラで買う。獣人たちは、そのままで平気らしい。

「アナマ、毛布を貸してやるよ」

「こんな上等なものを……」

これでも、一番安い毛布なんだがな。

河原に寝転がるとゴツゴツとして痛いので、安い板を買って敷いた。板が小さいので上半身しかカバーできないが、直接寝るより遥かにマシだ。アナマにも板を敷いてやる。

「それにしても、焚き火をこれだけ燃やしているのに、虫が寄ってこないな」

「虫除けの魔石を持ってるにゃ」

そう言って、ミャレーが俺の毛布の中に入ってきた。まるでデカいぬいぐるみだ。

魔法の虫除けか。俺も虫除けのスプレーを使ったり、シャングリ・ラには蚊取り線香も売っているが、匂いもなく虫除けができるとなると――異世界方式の方に分があるかな？

「買うと値段はどのぐらいするんだ？」

「銀貨2枚（10万円）にゃ」

「銀貨2枚⁉」

そいつは高いな。だが、すごく便利そうだ。田舎でのスローライフは虫との戦いだから、10万円でも価値はあるかもしれない。

「もしかして、雑草が生えなくなる魔法とかもあるのか？」

「聞いたことがあるにゃ。大きな屋敷では使ってるって言うにゃ」

だが、いくら魔法でも、特定の植物だけ駆除するのは無理だろう。使ったら、花や畑の植物の成長も阻害するに違いない。

「温かいにゃー」

いや、抱きつかれた俺の方が温かいわ。ミャレーはこのまま眠るつもりらしい。彼女は服を着てないので一応裸なのだが……いいのか？　彼女だけ石の上は可哀想なので、もう1枚板を買って彼女の下に敷いてやった。

河原でのキャンプは、増水の危険があるので普通は拙いのだが。獣人たちは何回もここでキャンプしているらしく、危険はないという。洪水などであふれたこともないらしい。

俺は寝転がったまま、シャングリ・ラの画面を出して、電子書籍を読んでいる。

どういう仕組みなのか、白い画面が暗闇でもよく見える。だが画面の光で周囲を照らすことはない。――ということは、実際には存在していない？

実際に目の前に表示されているのならば、ほかの人からも見えるだろうし。もしかして、俺の脳内に擬似的に再現されているのか？　それとも、視神経に割り込み処理がかかっている？

画面だけじゃなくて、荷物がどこから送られてきて、精算はどうなっているのか？　考えるほど、あまりに謎な能力だ。ステータスオープンと言っても、名前と年齢しか載ってないしな。

スキルとか称号とかレベルとかそんなものもないし。

どうやら、この世界にはそういった物自体が存在していないようだ。

俺は、画面を閉じて眠りに就いた。

◆◇◆◇◆

——次の朝。

俺が目が覚ますと、獣人たちは既に起きて片づけをしていた。

「おはよう——ふあぁぁ〜。昨日はずいぶんと飲んでたが、大丈夫か？」

「大丈夫でさぁ。久々に愉快だったので、飲み過ぎちまった——面目ねぇ」

「まぁ、いいってことよ。朝飯も食うか？」

「とんでもねぇ。散々飲み食いして、これ以上は世話になれませんぜ」

思慮とか配慮とかはある連中のようだ。これなら彼らと付き合ってもいいだろう。

「アナマは？」

「大丈夫ですよ〜」

「よっしゃ！　それじゃ、家に帰って飯にするか。俺は宿屋だけどな」

「にゃー！」

また獣人たちに背負ってもらい、宿屋まで運んでもらう。本当に速い。

彼らと別れて宿屋へ戻る。宿代は前払いしているし。一応顔は出しておこうと思う。

「おはよーさん」

「あ！　ケンイチ、昨日はどこへ行ってたの？」

「外で、獣人たちと飲んでた」

「はぁ？　なんで外で？　ははぁ～外で遊んでて、暗くなって戻れなくなったんでしょ」

「まぁ、そんなところだ」

「獣人の女なんかと遊ぶぐらいなら、あたしと遊べばいいじゃん……」

「別に獣人の女なんて……」

――と言いかけたら、アザレアが黙って俺のシャツを指さした。黒いシャツはミャレーの抜け毛だらけだった。あちゃー。言い訳をしかけたが、アザレアはプイと顔を背けて、奥へ行ってしまった。嫌われたかな？　まぁ仕方ない。俺の目指すスローライフに女は必要ないしな。

取りあえず、2階へ上がって朝飯を食って、シャツに洋服ブラシを掛けたが、毛が取れない。

――しばし悩んで、シャングリ・ラで粘着テープのコ○コ○を買う。

これが一番無難で最適解だろう――と思う。

朝食後、いつものように市場へ行き、店を出す。

スツールに座り、電子書籍を読みつつ商売をする。今日は２０００円で購入した両刃のノコギリを吊り下げている。いつも商品が一緒だと飽きられてしまう。たまに違う商品が並んでいれば、なにかいい出物がないかと客が足を運んでくれる。

午前中に洗濯バサミが20個ほど売れた。やはり定番商品になったようだ。話が広まればもっと売れるかもしれない。先日ここへ来たメイドさんのように、大きな屋敷からの注文があれば大量に捌ける可能性もある。だが、午前の客はそれでお終いだった。

昼飯にパンを食ったあと、午後になってもしばらく客足は途絶えていた。

シャングリ・ラの電子書籍を１冊読み終えようとした時——。２人の客が店を訪れた。

「マーガレット、この店ですか？」

「はい、お嬢様」

１人は、前に洗濯バサミを１００個買っていったメイドさんだ。

もう１人は——流れるような金髪のストレートヘアー、上等そうなフリルの付いた白いブラウスに紺のロングスカート。いかにもお嬢様って感じの女性だ。18歳ぐらいだろうか。切れ長の目に知性を感じる。見るからに金持ちそうな客なので、接客は丁寧に。

「いらっしゃいませ～」

金髪のお嬢様は、店先に釣り下げられたネックレスを手に取り、しげしげと見ている。

「メイドさん、取り置きした商品を取りにきたのかい？」

「はい」

アイテムＢＯＸの中から、銀のネックレスを取り出して、メイドさんに差し出す。

「ほい、小四角銀貨６枚（３万円）だ」

「ありがとうございます……お嬢様これを――」

「まぁ！　これは、金剛石ではないのですか？」

「店主の話だとガラスだと」

「ガラス……」

何やら、メイドとお嬢様が俺が渡したネックレスについてあれこれ話し合っている。

だが、結論が出なかったのか、お嬢様が俺の所へやってきた。

「少々お聞きしたいのですが……」

「なんでございましょう？」

「このネックレスに付いているのは、金剛石ではないのですか？」

「ええ、違います。磨いたガラスでございますよ」

「……」

「何か？」

「ほかのアクセサリーもあるのなら、見せていただけますか？」

「承知いたしました」

俺は、シャングリラの画面を開くと、違うデザインのネックレスを検索して、購入ボタンを押した。値段はおおよそ、２０００～３０００円の間だ。

突然、目の前に現れる銀の宝飾にお嬢様が反応した。

「アイテムＢＯＸ！」

正確にはシャングリ・ラから送られて来ているのだから、アイテムＢＯＸから出しているわけではないのだが、端から見ればそう見えるのだろう。故に、俺もそれに合わせた。

「さようでございます」

「……」

お嬢様は細い顎に手を当て、また何やら思案を巡らせているようだ。そして、結論を出したように話し始めた。

「ご店主、少々お願いがあるのですが」

「なんでございましょう」

「私、マロウ商会の長女、プリムラと申します」

「これはご丁寧に、私はケンイチと申します。お見知りおきを」

「突然で申し訳ないのですが、我が商会にて、父に会っていただけないでしょうか？」

本当に突然だな。しかし怪しげな商会だと困るな。例えば、バコパって所はヤバいって聞いているし……。隣の店のアナマにマロウ商会のことを耳打ちしてみる。

「ちょっと、アナマ。マロウ商会って知ってるか？」

「この街でも有数の大店《おおだな》だよ」

「よく話に出てくる、バコパって連中みたいな危ない所ではないのか？」

「マロウ商会は、まともな商いをしている所さ」

「ふむ……」

なるほど、そんなに悪い話ではないようだ。大店ってことはこの街の顔役でもあるだろう。そのような人物とパイプを作っておくのは悪くない選択だ。

「――今すぐでしょうか？」

「今日は、父が屋敷にいますので、可能であれば今日の方が……」

「承知いたしました」

「ご無理をお願いして、申し訳ございません」

金髪のお嬢様が頭を下げる。大店のお嬢様なのに、俺みたいな吹けば飛ぶような新参者の商人に頭を下げるなんてな。このお嬢様を見る限り、父親はかなりの人格者に思える。

店を片づけてアイテムＢＯＸへ突っ込むと、金髪のお嬢様に連れられて、マロウ商会の屋敷へ向かうことになった。市場の外れに黒塗りの立派な馬車が待機しており、執事らしき男に案内されて馬車へ乗り込んだ。俺を待っていたのはフカフカの真っ赤なシート。

「こんな立派な馬車には初めて乗りましたよ」

「ほほ、貴族の馬車はもっと豪奢ですよ、ねぇマーガレット」

「はい、お嬢様」

相変わらず細目のメイドさんはクールな対応だ。このお嬢様によると、屋敷へ持ち込まれた洗濯バサミを見て、すぐに知り合いの職人に試作させたが、製品化を断念したという。

そう、毛抜きなどもそうだが、可動面をピタリと合致させるには、かなり高度な工作技術が必要になる。俺が売ってる洗濯バサミは、コンピュータ制御の加工機によって作られたものだろう。簡単そうに見えるが、あれを家内制手工業《マニュファクチュア》で再現するのは少々難しい。コイル状のバネもそうだ。この世界に押出成形機はないだろう。バネ一つでも鍛造しなければならない。

「一見単純そうに見えますが、あれを作るのには高度な技術が必要でして」

「うちの職人も、そう申しておりましたわ」

洗濯バサミの話をしていると屋敷が見えてきた。立派な門を潜ると、広い庭に石造りの豪華な建物。貴族の屋敷はさらにデカいというのだから、格差社会やねぇ。

プリムラさんと執事に案内されて客間で待つ。ソファーはフカフカ。家具はどれを見ても一級品だろう。ここにある家具ならアンティークとして、シャングリ・ラの買い取りでも高額な値段が付くに違いない。思わず、シャングリ・ラの買い取りウインドウを開いて、家具を突っ込んでみたい衝動に駆られるのを、ぐっと堪えていると――ドアが開いた。

「ケンイチさん、父がお会いするそうです」

プリムラさんに案内されて、この屋敷の書斎という部屋に向かう。待っていたのは派手な格好をした恰幅のいい初老の男性。黒いオールバックの髪は半分白髪となり、鼻の下には立派な黒い髭を蓄えている。出で立ちは、草色の上下に金糸の入った赤いベストという原色な色使いだが、一見して商人だと分かる格好をしているのだと思う。

彼の机の上には、俺がメイドさんへ売ったネックレスが置かれていた。

「よくぞお越しくださいました。マロウ商会のマロウでございます」

座っていた椅子から勢いよく立ち上がり、俺に挨拶をしてくる。

「はじめまして。お嬢様のお招きによりまかりこしました、ケンイチと申します。お見知りお

きを」

「これは、ご丁寧に。こちらこそ、よろしくお願いいたします」

手を伸ばしてくる様子はないので、この世界には握手はないようだ。この街にやってきてから、一度も握手に遭遇していないしな。

「お父様――」

プリムラさんが商会の主人――父親に駆け寄ると、何か耳打ちをしている。

「なんと！　アイテムＢＯＸをお持ちだそうで」

「はい、小さい物ではありますが」

「実は、私も――」

彼の前――何もない空間から金の置物が現れた。なるほど、俺のアイテムＢＯＸも端からは、こんな具合に見えるのか……。

「マロウさんも、アイテムＢＯＸをお持ちなのですね」

「そうです。私はこれを使って、商会をここまで大きくいたしました」

「それはすごいですねぇ。私など農家で作物の倉庫にしか使っておりませんでした」

「それは、もったいない」

「それで、ご用件のほどは……？」

彼は考えるように少々間を置くと、ズバリ切り出してきた。

「端的に申しますと。商品をマロウ商会へ卸していただきたい」

机の上に置かれた、銀のネックレスを指さした。

「なるほど、そちらのお嬢様の反応からすると、然るべき所へ持っていけば、さらに高く売れる商品であると……」

「その通りです」

「それならば私の店から安い値段で買って、そのまま転売なされればよろしいのでは？」

「そんなことをして、それがそちら様の耳に入ったらどうなるか……」

主人は椅子に座ると、顔の前で指を組んでいる。

「私は——銀のアクセサリーの取り扱いを止めるでしょうね」

「そうです。それに我々の商売敵が、そちら様に押しかけて、もっといい契約を結んでしまうに違いありません。目の前の利益に目が眩《くら》み、大きな商売を逃してしまう——商人としては、最も愚かなる行為です」

売値の5割で銀製品を引き取りたいというので、OKを出した。俺としては2000～3000円で買ったものが数十万円になるのだから、万々歳。2～3割でもいいぐらいだ。もちろん金製品の方が高く売れるのだろうが、金はシャングリ・ラでも値段が高い。シャングリ・ラと、この世界との価値の乖離《かいり》を利用するなら、銀製品が一番効率がいい。

うまくいけば、市場に露店を開いてセコセコ商売しなくても、月に銀製品を2～3個売れば余裕で暮らせるってことだ。まぁ露店をすぐに止めるつもりはないのだが。

主人が俺の方へ駆け寄ると、手を差し伸べてきた——握手だ。

なるほど、ここでは握手をすることで契約完了ということになるのか。逆に言えば、迂闊に握手をするとヤバいということだな。

そのあと契約書を交わして、マロウ商会への銀製品の卸売が決定した。

同時に洗濯バサミの卸売も決まった。プリムラさんが大層気に入ったようで——貴族の屋敷などで、大量の需要が期待されるという。

無論、大店の商会にしてみれば、洗濯バサミの儲けなど微々たるものだろうが、そのついでに、高額の商品を売るなどの機会に恵まれるのだ。

こうして、この街の大店マロウ商会との取引が始まった。いい取引先が決まったと喜んでいたのだが、世間話になると、娘自慢が延々と始まった。大切なお得意様なので、話し相手になってあげてもバチは当たらないのだが……。逃げるのに苦労した。

マロウ商会での銀製品の売値は1つ50万円から100万円の間だという。

そのほかに、製品をさらにチューンナップしたもの――ジルコニアをダイヤモンドに、ガラスを水晶に交換したものも販売しているようだが、この世界の宝飾のカット技術は未熟だ。本当の石より、美しく綺麗にカットされたジルコニアやスワロフスキーの方が人気があるという。

それなら、ブリリアントカットされたダイヤモンドを持ち込めば、高く売れるとは思うが、明らかなオーバーテクノロジーの持ち込みには注意しないとな。金はあるに越したことはないが、無理に稼がなくても、異世界でスローライフを目指せる金さえあればいいのだ。

最初の数個の銀製品の取引だけで、俺の取り分は100万を軽く超え――。シャングリ・ラのチャージ金は、あっという間に3桁万円に突入した。

後日、マロウ商会から、ほかに変わったアクセサリーはないか？　というリクエストを受け、それに応えるために、カメオのアクセサリーを持ち込んでみた。

シャングリ・ラには同じ商品が並んでいたので、おそらく機械彫りだろうが、それでも値段は高く、10万円前後する。

「まぁ、素晴らしい！　お父様、これは私が購入してもよろしいでしょうか？」

カメオのブローチを見たプリムラさんが、歓喜の声を上げた。

「全く、困った娘だ」

大店の商人とはいえ娘には甘い。ここら辺は異世界も変わらないということか。目に入れても痛くないってやつだな。

彼女が示した値段は金貨10枚（２００万円）。カメオのブローチを付けてご満悦の彼女によると、このようなアクセサリーは、ここには存在しないという。

プリムラさんが付けたカメオのブローチを見た貴族の女性たちの反応はすさまじく、同じ物が欲しいと注文が殺到したらしい。シャングリ・ラから買うのは簡単だが、機械彫りの同じ商品をいくつも卸すわけにはいかない。プレミアム感が薄れるからな。

売り逃げであれば、それでもいいのかもしれないが——トラブルがなければ、この街にしばらくいるつもりだから、そんな商売はできない。

デザイン的もいいと思われるものを厳選して、３つほど卸したのだが、一気に値段が高騰し、1点が金貨50枚（１０００万円）を超えたそうだ。カメオの卸値は1個金貨10枚（２００万円）である。一気に俺の懐は暖かくなった。

3章　スローライフ計画スタート

金ができれば、俺のスローライフ計画を進めることができる。その拠点が森の中だ。

街の住民は「森の中は危険だ」と言う。実際に俺も魔物に襲われ、怖い目にあった。そんな森の中に住もうなんて狂っていると思われるだろう。しかし森の外との境界線から200mほど中に入った程度では、危険性が跳ね上がるわけでもないはずだ。

俺はシャングリ・ラから買ったアイテムで、悠々自適のスローライフをしたいのだ。

そりゃ、この世界ならではのファンタジー料理にも挑戦したいと思っているが、冷凍食品やインスタントも好きだし、俺にはソウルフードが必要だ。

いずれは電化製品とかも使いたい。街の中では電化製品を使ったりは不可能だろう。なるべく人目に付かない場所がいい。森の中がぴったりなはずだ。

根拠地を設定して木を切り倒し、場所を作って家を建てようと思っている。

シャングリ・ラを検索すると、ログハウスのような小屋が、170万円ほどで売っていた。

このログハウスを見て、俺の期待は跳ね上がった。元世界で自分で建ててみようかと、ログハウス専門誌を読んで計画したこともあったのだ。

市場の露店は2日に一度ほどにして、異世界スローライフを実現するための作業に取りかかった。

まず造るのは道だ。

森の中に住んで、街へ出るたびに歩くのは面倒なので、自転車などを使って時間を短縮したい。自転車などが人に見られると拙いのだが――幸い街と森の間は、人の背丈を超えるほどの草むらに覆われている。そこを切り開いて道を造れば、人目を避けて自転車を使うことができる。

草刈りにはエンジン式の草刈り機を使用する。問題はエンジンの燃料だが――2ストエンジン用の混合ガソリンがシャングリ・ラで販売されているので、クリアできそうだ。

元世界でもエンジン草刈り機は使っていたから、手慣れた作業だ。

獣人たちと酒盛りをした河原から、森の入り口まで、一直線に草を刈って道を作る計画を実行に移す。ここから森までは緩やかな上り坂だ。俺は草むらの入り口で呪文を唱えた。

「おりゃ！　エンジン草刈り機召還！　ポチッとな」

【購入】ボタンを押すと、チャージから3万円が引かれ、空中からエンジン草刈り機が落ちてくる。一緒に燃料の混合ガソリンも買う。普通のガソリンに比べたらかなり高いが仕方ない。この世界にはガソリンなど売っていないのだから。

エンジンを始動させると、けたたましい、甲高い音を立てて唸りを上げる。

これを使って緑の壁を切り開けばいい。肩から草刈り機を吊り下げ、バリバリと音を立てて、背の高い草を刈っていく。刈った草は堆肥などに使うために、アイテムＢＯＸの中へ放り込む。幸い、ススキか蘆《あし》のような植物で、笹や竹のような堅い茎ではない。草刈り機で簡単に凪払《なぎはら》うことができ、みるみる道ができていく。

高い草むらに囲まれて辺りの様子が全く見えないため、時々方位磁石を確認して、道が一直線になるように気を付ける。道がウネウネと曲がっていたら、走りにくいからな。

草むらに道を作りつつ砂利も敷いていく。シャングリ・ラには砂利も売っていたので、使ってみた。元世界のように長雨が降る土地ではないらしいので、これで何とかなるだろう。

草むらの切り開きが完成したら、次は、ログハウスを建てる場所の確保だ。

エンジンチェーンソーをシャングリ・ラで購入して、大木の伐採に挑む。元世界の田舎で薪ストーブを使っていたので、チェーンソーも使い慣れてはいるのだが、大木の伐採なんて、やったことがない。覚悟を決めてチェーンソーで三角に切れ込みを入れる。

倒す側は大きく、反対側は小さく切る。徐々に切れ込みを大きくしていき、慎重にことを進め、さらに鉄製の楔《くさび》を打ち込んでいく。楔が幹に深く食い込んでいくと――メキメキと音を立てて大木が倒れ始める。腹に響く重低音と共に、巨木が倒れ込んで地面でバウンドした。

「ふう……」

無事に大仕事が済んだので、シャングリ・ラでコーラを購入して飲む。残念ながら冷えてはいない。だがエンジン発電機を購入すれば、冷蔵庫を繋いで飲み物を冷やせる。そんな快適な生活をエンジョイするため、ぜひともログハウスを建設したい。家を建てる場所に立って街の方角を見るが――森の方が少し高台になっているために木と空しか見えない。逆に言えば、街からもここは見えないということだ。

ここなら、いろんなアイテムを使って悠々自適の生活ができるってわけだ。

さて、大木を切り倒しに成功したが、ここで俺は一つの実験を閃いた。アイテムBOXってのは、どのぐらいの大きさの物が入るのか？　大木をそのまま入れても入らない。チェーンソーで切り刻み、長さをドンドン短くしていく。

「それじゃ、10mはどうだ？」

――吸い込まれた！　アイテムBOXの表示には【丸太（大）】×1と表示されている。

まぁ、10mの物が入るなら大抵の物は入るだろう。大型重機だって10mはないはずだ。アイテムBOXへ収納されたのであれば、あとは簡単。カットした丸太を入れたままほかの所へ持って行き、取り出せばいいのだ。だが、せっかく切った丸太だ。薪に使ったりもできるので、すぐ近くに置いておくことにした。

まだ巨大な切り株が、文字通り地面に根を張り鎮座している。切り株もアイテムＢＯＸへ入るかと思ったのだが、地面から掘り起こさないとダメなようだ。チェーンソーを使って少しずつカットして切り刻む。シャベルで根っこを掘り起こす。掘り起こす――掘り――。

「やってられるか、こんなの！」

俺はシャベルを放り投げて、呪文を唱えた。

「やって来い来い巨大メカ！　ユ○ボ召喚！　ポチッとな」

余りに果てしない過酷な作業に業を煮やした俺は、中古のユ○ボ――バックホーパワーショベルの購入ボタンを押してしまったのだ。

購入したのは緑色の重機。街の道路工事などで普通に見かける中型のものだ。少々使い込まれてサビも浮いている物だが、排土板も付いているし動けばＯＫという事で、値段は１２０万円ほど。デカい買い物だが、あれば何かと便利だろう。例えば、シャベルで深い穴を掘るのは超大変だが、重機を使えば1分も掛からないし、疲れない。

壊れたら……その時はその時で考えよう。

ともあれ、動かしてみよう――。少々破れた黒いビニール製の座席に座り、エンジンを始動させた。座席にブルブルと振動が伝わる。エンジン音を聞いて――俺は、はたと気付いた。

「これ、ディーゼルじゃね？」

そりゃ、そうだ。重機といえば、ディーゼルじゃねぇか！　燃料どうするんだよ。

慌ててシャングリ・ラで軽油を検索する――当然売ってない。だが添加剤は売っているのを見つけた。灯油を軽油に変え、ディーゼルエンジンで使えるようにする薬剤だ。

これがあれば灯油でもいいのだが、以前ランプを使った時に灯油を検索したら、なかったよなぁ……。万事休すか？　いや、待て待て。こんなデカい買い物をして簡単に諦められるか。

灯油をもう一度検索して、最後まで調べてみると――。関連商品に、パラフィンオイルというものを見つけた。商品の説明欄を読むと白灯油だと書いてある。白灯油ってのは、灯油を精製して煤や煙を出さないようにした油で、ランプなどに使う。これなら使えるかもしれん。

さらに、白灯油で検索をかける――白灯油ならキャンプ用品で売っているな。

1L1800円と高価だが、これしかない。計算してみると――リッター2500～3000円ぐらいになる、恐ろしく高価な燃料だ。だが街で売っている海獣油の灯油の方が値段が高い。いろいろと考慮しても、シャングリ・ラで買った方が安いのだ。

重機が動けば、俺1人ではできないこともできるようになる。致し方ない。

「しかしなぁ、本当に使えるのか、これ？」

確かに心配だ。この燃料を入れて動かなかったらヤバい。何かいいヒントはないかと、ディーゼルエンジンで検索してみると――某国製のディーゼル発電機が9万円ほどで売っている。

そうだコイツを買って、この白灯油改燃料で動かしてみるか。また金を使ってしまうが、120万円の重機を壊すよりはマシだし、発電機もいろいろと使い道がある。

「よし！　発電機召喚！　ポチッとな」

むき出しの黄色いディーゼル発電機がドス！　という音を立てて森の腐葉土にめり込む。

しかし、発電機はよく使ったが、ディーゼルは初めてだな。

一緒に付いてきた説明書を見てみる――読めねぇ。日本語じゃねぇし！　本当に使えるのか？　少々怪しくなってきたが……まずは試してみるしかないだろう。白灯油改燃料をタンクに入れて、スターターを引っ張ってみる。

「やった！」

けたたましい音を出してエンジンが動き始めた。白い煙を吐いているが動いている――。このまま1時間ほど放置して様子を見てみよう。燃料に問題があるなら分かるはずだ。無負荷で長時間稼働させると問題がありそうなので、シャングリ・ラからドラム式の延長コードを買った。そいつに100Wの電球を2つ点灯させてみた。

オレンジ色に明るく灯る電球――。おおっ！　この世界で初の100V電気の明かり。だが、電圧の変動が大きいのか、電球の明るさがパカパカと並んだ順に波打っているように見える。これでは電子部品が入った家電などは使えないだろう。もちろん、ＰＣなどを繋ぐのは論外だ。

念のために2時間、発電機を回してみたが、問題なく回り続けている。

「大丈夫みたいだな」

だがうるさいので、早々にアイテムＢＯＸへ収納した。

そうだ——森の中に住むなら、獣人のミャレーが言っていた、虫除けの魔石ってやつが欲しいな。おそらく、この世界で生きていくなら必需品だ。この際買ってもいいだろう。
市場近くの道具屋で売っているかもしれない。明日、露店を広げる前に行ってみるか。
一段落したら腹減ったな——飯でも食うか……。

飯を食い終わると辺りは真っ暗だ。シャングリ・ラで動画や電子書籍を楽しんでから、就寝前の準備を行う。何の対策もなしに寝るわけにはいかないな。不測の事態には備えなければならない。街の人たちによると、森の奥まで行かないと魔物は出ないという話なのだが……。

暗い中、焚き火に当たりながら検索をすると、赤外線センサーが売っている。

住宅の玄関などに取り付けられていて、人が近づくと明かりが点灯したりするアレだ。1個400円ぐらいなので、4つ購入する。生き物が来るとすれば、森の奥からだろう。

バッテリーとライト、電線も購入して、センサーへ繋ぐ。試しにセンサーへ近づくと——ライトが点灯して、ブザーが鳴る――成功だ。これで生物などの接近には備えられるだろう。あとでスイッチを付けたりなどの加工が必要だろうが、このままでも使える。

さて、寝るか――肉体労働したせいか滅茶疲れたわ。風呂に入りたいが……朝起きたら市場へ行く途中の川で身体を洗おう。

あ、パワーショベルを出しっぱなしだわ……まぁ、いいか。

◆◇◆◇◆

――次の朝。森の中で目が覚める。

警報のブザーは鳴らなかったので、生き物はやって来なかったようだ。

アイテムＢＯＸから取り出した朝食のパンをかじりながら、パワーショベルをアイテムＢＯＸへ収納してみる。

「こんなデカいのでも入るんだろうな。まぁ、デカい丸太が入ったんだから……」

そんな心配をよそに、パワーショベルはアイテムＢＯＸへ吸い込まれた。表示は【バックホーパワーショベル（中型）】×１になっている。

アイテムＢＯＸからマウンテンバイクを取り出し、自分の作った道を初めて走ってみる。

周りには背の高い草が生えているので、俺が自転車を使っているのは誰にも見えない。

森の中から10分ほどで川までやって来た。やはり歩くより断然早い。マウンテンバイクをアイテムＢＯＸに入れて、川で身体を洗おう。洗おうといっても、獣人たちのように素裸で飛び込むわけではない。水を少々取って、身体をふくだけだ。

「あ～、風呂入りてぇ」

――そうだ、風呂に入ろう。ドラム缶の五右衛門風呂が2万円で売ってたじゃないか。ポリタンクに川の水を入れて、アイテムＢＯＸに突っ込んで運べば森の中で風呂に入れるぞ。

それとも、ここでドラム缶に水を入れて、そのままアイテムＢＯＸへ収納できるなら、もっと簡単だ。よし！　今日は風呂だな。

道が完成して森の中に拠点ができたので、もう宿屋には泊まらなくてもいい。宿屋に挨拶しに行こう。


「おはようさん」

「あ、ケンイチ、どこへ行ってたの？」

宿屋で、アザレアが出迎えてくれた。

「住む所を作ってた。ここには世話になったんで、挨拶しておこうと思ってな」

「住むって、どこに住むの？」

「森の中だよ」

「ええ～？」

アザレアが驚くのは無理もない。この街の人間で森の中へ住んでいる変わり者なんて誰もいないらしいからな。森の中に住むな――みたいな禁忌《タブー》があるらしい。禁忌と言っても、住んでも罰則があるわけでもなく、昔から続く暗黙の了解みたいなもののようだ。一日中作業していても人影を見なかった。

「短い間だったけど、ありがとな」

「本気なの？」

「本気も本気。ハハハ」

彼女は呆れ返っているが、まぁ仕方ない。

宿屋の主人にも挨拶を済ませ、虫除けの魔石を買うために市場近くの道具屋へ向かう。暗い道具屋の店内からいつの間にか出てきたのは、深緑のローブを被った、いかにも魔法使いという雰囲気を漂わせた長い白髪の爺さん。顎には長くて白い髭も蓄えている。

「何か、お探しかな？　ふむ……見慣れぬ顔だが……」

「ああ、市場で露店を開き始めたんだ。ご同業だよ、よろしくな」

「ほう？　異国の面白い物を持っているなら、高く買い取るぞ？」

「う～ん、それじゃ……」

その魔法使いのような爺さんが虫除けの魔石を売っていると言うので、銀貨2枚（10万円）で購入した。便利な物は高くても仕方ない。アイテムBOXの中に、シャングリ・ラから買った果物があったので、渡して割引をしてもらった。聞けば――この爺さんは市場や街にも顔が利くという、生き字引のような存在。仲よくしておいて損はないだろう。

そのあと、市場へ向かって露店を広げた。売上はまずまずで2万円弱。

マロウ商会系列の店でも洗濯バサミを売り始めたので、そんなに数は出なくなった。


夕方近くになり店を畳むと――俺は、風呂計画を実行に移すことにした。

井戸や川で身体を洗ってはいたが、やはり日本人なら熱い風呂だ。しかし、この世界で熱い風呂に入れるのは貴族様だけらしい。何という格差社会。

だが、俺にはシャングリ・ラがある。ここにドラム缶で作られた五右衛門風呂が2万円で売っているのだ。俺は、森の中で風呂に浸かって、異世界での疲れを癒やす計画を実行に移した。

前に獣人たちと宴会をした河原へやって来ると、画面を開く。

金はまだあるので、取りあえずは水だ。シャングリ・ラから水用のポリタンクを10個買って、川の水を入れる。少々衛生状態が心配だが、飲むわけじゃないんだ、大丈夫だろう。

こんなの持って歩いたら大変だが、アイテムＢＯＸのおかげで手ぶらで森まで帰れる。

全くアイテムＢＯＸ様様だ。俺の切り開いた森までの道をマウンテンバイクで走る。

歩きよりは全然速いし楽ちんだ。森へ入ってくると、既に少々暗い。夕方になるとほとんど森には光が入ってこなくなるので、手元が明るいうちに火を焚くことにした。

さて、シャングリ・ラからドラム缶風呂を買ってみるか……。

「ポチッとな」

ドスンという音と共にドラム缶が降ってきた。色は青く塗ってあり、一番下には真鍮製の水抜きのバルブが付いている。あ～なるほど。水を入れることばかり考えていたが、抜くのは考えてなかったな。そして、木製の丸いスノコが付いていた。

これを湯船に浮かべて入るわけだな。そうしないと、ドラム缶の底は熱いので火傷をしてしまう。散々苦労してドラム缶を設置、水を入れ終わり、やっと風呂が沸かせる。

ドラム缶の縁に棒を渡し、１０００円で買ったデジタル温度計を括り付けた。

風呂を沸かしている間に、カップラーメンとパックのご飯を食った。せっかく異世界に来たんだから、異世界飯を追求するのも一興だが——何といっても早い安い美味い。

このジャンクな味には耐え難い麻薬みたいな習慣性があるのだ。それに、いつでも米の飯が食えるってのは日本人ならありがたい。でも、せっかく焚き火をしたりしてるんだ、飯盒炊飯《はんごう》ぐらいはやっても面白そうだ。

そして、お湯が沸く間にシャングリ・ラを検索して、いいアイテムを見つけた。ポリタンクの蓋部分に取り付けるバルブである。これをポリタンクに取り付けて横倒しにすれば、水道の蛇口のように使える。これで水をお風呂に入れて温度調節すればいい。脚立の上に、温度調節用のポリタンクを設置。徐々に風呂らしくなってきたぜ。

たまに板でかき混ぜながら1時間ほどでお湯が沸いた。結構、時間が掛かるものだ。

もう一つ小さな脚立を買って風呂へ入るための足場にしてみた。

「さて、いよいよ入ってみるかぁ～」

既に真っ暗な森の中でスッポンポンになる。

フリ〇ンで脚立に上ると、ゆっくりとスノコを踏み、お湯に浸かる。

「ふぃぃぃぃ～極楽極楽～」

思わずおっさんみたいな声が出るが、おっさんだから仕方ない。しかし、いい湯だ。この異世界へ来て初めての風呂。しかも森の中ときた。これぞスローライフの極致。真似しようたってなかなか真似できっこない。いや、たまらん――苦労した甲斐があった。

真っ暗な大自然の中での風呂、しかもここが異世界なんだから、信じられん。

頭にタオルを乗せて、とっぷりと肩までお湯に浸かりながら、俺は次の計画を考えていた。

◆◇◆◇◆

――翌日。今日は1日、店を休んで、パワーシャベルを使って整地しようか。

アイテムBOXから重機を取り出す。こんなデカい物が入っているんだが、一体中はどうなっているのか？　考えたって分からんけどな。

「よし！　ユ○ボ召喚！」

早速乗り込んで、エンジン始動！　重機の操作は覚えれば簡単だ。ゲーム機のコントローラーに似ていると思う。木を切り倒したあとに残っていた切り株をチェーンソーで切り刻み、パワーシャベルで掘り起こす。

さすがのパワーだ。こんなの1人じゃ絶対に無理。周辺も掘り起こすと木の根っ子が沢山出てくる。こいつを全部綺麗にしないと畑にできない。地面をドンドン掘り起こして根っこを取り出す。まぁ、出てくるわ出てくるわ、小さな土地なのに木の根っ子が山のようになった。これは乾燥させて薪にしよう。

だが、半年～1年ほど乾燥させないと薪には使えないので、しばらく山積みだ。

いやぁ――重機の運転は楽しい。もう、そこら辺を掘り起こしたい気分だわ。童心に返るってのはこのことだな。小屋を作る場所を入念に均《なら》す。建物を立てるために必要な基礎を置くため、なるべく平坦にしないとな。

だが、パワーシャベルという大物を買ってしまったので、少々残高が少なくなった。

また、マロウ商会に何か卸して資金を調達しよう。何がいいかな？　砂糖が貴重品みたいだったから、砂糖にしようか。これも異世界物なら定番品だろう。白砂糖を購入して、同時に買った白い壺に入れる。この白い壺は――実は骨壺だ。ちょうどいい大きな物を探したら、コレしかなかった。まぁ、骨壺といっても中古じゃないから何も問題はない。

あとは――銀のネックレスやアクセサリー、カメオが1個、試しに金メッキのアクセサリーも持って行ってみるか。どういう反応を示すだろうか？

シャングリ・ラには金のアクセサリーもある。18金物だが、さすがに高い。ネックレスだと20万円以上だな。だが、換金の効率が悪いんだよな。シャングリ・ラでは銀が安いので、こちらで高く売れればすごく換金率がいい。やはり売るとしたら銀製品だろう。

その日の晩飯は、パスタにしてみた。しかもケチャップを使ったナポリタン。

有名な話だが、ナポリタンはイタリアにはないらしい。完全な日本風洋食だ。パスタにケチヤップを使ったりすると、イタリア人はブチ切れるらしい。こんなに美味いのに。

作り方のポイントとしては、タップリのみじん切りの玉ねぎを念入りに炒めて甘さを出し――ケチャップもしっかりと炒めて酸味を飛ばす。これで、甘い甘いナポリタンができ上がる。

「うん、甘くて美味いし、玉ねぎ臭さも飛んでいる。異世界の野菜でも、パスタは作れるだろうからな。チャレンジしてみるのも悪くないだろう」


――次の日、俺は品物をアイテムＢＯＸに入れてマロウ商会を訪れた。

主のマロウさんと娘のプリムラさんが出迎えてくれた。

「お待ちしておりました。ケンイチさんの品物を心待ちにしているお客様が沢山いらっしゃるのですよ」

「もう少し、手に入ればいいのですが、貴重な品ばかりで、なかなか――申し訳ございません」

「いえいえ、あれだけのものは、そう簡単には入手できないでしょう。それも仕方ありません」

そのまま客間に通される。アイテムＢＯＸから品物を取り出し、テーブルの上に並べた。

「まぁ、これなんて素敵ですわ。お父様ぁ～」

プリムラさんが取ったのは、金メッキにスワロフスキーで飾られたブレスレット。なかなか、デザインが洒落ている。

「しょうがない娘だ。お前が取ってしまっては、お客様に回らなくなってしまうではないか」

――と言いつつ、娘のおねだりには、かなり弱いマロウさんだ。

「プリムラさん。それは金色ですがメッキでして」

「メッキですか？　――水銀を使って金を貼るという……」

「その通りです。よくご存じで」

本当は電気メッキで違うがな。

「そんな手間の掛かることをなぜ？」

「まぁ、作った職人が変わり者なのですよ」

もちろん、大嘘だ。

俺はアイテムＢＯＸから蓋の付いた白い壺を取り出して、客間の低いテーブルの上に置いた。

砂糖だ――だが、マロウ親子の反応はイマイチ。

理由を聞くと、砂糖と塩は国の専売になっているので、買い取れないと言う。なんと――残念。砂糖なんてシャングリ・ラで買えば、１kg２００円ぐらいだから、換金率が非常にいいと思ったんだが。専売か……仕方ない。

砂糖と塩はダメなのは分かったが、金持ち連中に評判がいいのが、カメオだ。こいつを欲しがっている貴族が多いという。

取引も順調に終わり、ゲットした金貨は15枚（３００万円）。これで小屋を購入して、テント生活にピリオドを打てる。

その日は、お昼ちょっと前から市場に露店を出して、売上は1万円弱だった。

マロウ商会と取引を始めたので露店を止めてもいいのだが、どんな人と人脈ができるか分からんからな。実際、マロウ商会との縁も、露店を訪れたメイドさんからの繋がりだし。

俺は小屋をゲットできることにウキウキして、キャンプ地へ戻った。


――さて、購入してみるか。シャングリ・ラを確認して、ログハウス風の小屋をカートに入れる。値段は１７０万円、デカイ買い物だ。

「いってみるか――ポチッとな」

俺は購入ボタンを押した。

すると――空からガラガラと降り始める、大量の角材と板。ガラスの窓枠もある。それが地面の上に山積みになった。

「なんじゃこりゃ！」

なんでバラバラなの？　シャングリ・ラのページを改めて確認してみる。

「セルフビルド……セルフビルドォォォォォォ⁉」

そう、小屋は組み立てキットだったのだ。

マジかよ……俺は途方に暮れた。いや、道理で安いはずだよ。こんな立派な小屋が170万円って、マジで安いと思ったもん。しかし、どうしようコレ？

確かに、ログハウスを建てようと、いろいろ調べてみたことがあったけどさぁ……。

これ、棟上げとかどうするの？　俺1人じゃ無理だろ。

「はぁ……」

思わずため息をついて、その場にへたり込んだ。だが――そういえば重機があるんだ、梁《はり》の1本や2本どうって事ねぇ。バケットに吊るして持ち上げればいい。

何はともあれ、組み立て説明書を読んでみるか。

「う～ん……」

なるほど、薄い板を組み合わせて大きな建物を作る構造になっていて、大きな柱や梁《はり》は存在しない。これなら作れるかも――せっかく買ったし。チャレンジしてみるのも一興ってことだ。

「ここまで来たんだ、やるしかないだろう。もう買っちゃったし……」

もう一度、説明書を読むと作業に取りかかった。まずは材料を確認する。

「あ～！　窓ガラス割れてるじゃん！」

一緒に降ってきた窓枠に、当然ガラスがはまっているのだが、その1枚、田の字になっている窓ガラスの右下が割れている。なんだよ～くそ。責任者出てこ～い！

当然、誰も出てこないし、返品もきかない。大体、サイトに返品の項目が見当たらないのだ。異世界までサービスして送ってやっているんだから、そのぐらいは何とかしろということか。サービスがいいんだか、悪いんだか分からねぇな。

やむを得ないので修理をしたが、薄いガラスがなかったので、アクリル板だ。幸い、割れたのは3つの窓枠のうちの1つだ。まぁ、これでも問題ないだろう。

窓の修理が終わったので、地面にコンクリ製の束石《つかいし》を並べて、その上に小屋の底辺になる材木を四角に並べる——この上に壁が乗るわけだ。束石は1辺に10個。

そして、その上に板を積んでいく。切れ込みが入っており、そこを組み合わせるようにして、上へ上へとドンドン積んでいく。板には小さく番号が振ってあり、組み立て説明書の通りに組み立てていけば、間違えることはない。

——市場に露店を出しつつ、この作業で1週間が過ぎた。次は床だ——。

必要な工具をいろいろと買い込んで床を貼っていく。これだけ工具を買ったら普通は小屋の中が一杯になってしまうのだが、アイテムＢＯＸのおかげで困ることはない。

——床の仕上げまでやって、さらに1週間ほど。今度は屋根だ——。

三角形をした屋根に合板を張ってから、防水シートを被せて、その上から屋根板を貼る。

最後に屋根のてっぺんにカバーを取り付けて形は完成だ。

都合1カ月ほど掛かったが――素人の俺でも、なんとか家の形を完成させることができた。

まぁ、素人といっても田舎でＤＩＹしてたから、工具はほとんど使ったことがあるし、工作事も経験済みだ。組み立て図もあるし、やっていることは本棚などを組み立てるのと変わらない。だが、こんなデカいものを組み立てたのは、もちろん初めてだ。

正方形の敷地に建つ、ログハウス調の立派な小屋。だが小屋というよりは家だ。建物の1角が欠けた構造で、その部分には玄関が付いており、前がデッキになっている。でき上がった家を見ていると、もっとデカいものでも自分で建てられそうな気がして、気分が大きくなる。

形は完成したが――やることは、まだまだ残っている。デッキには板を貼らないとダメだし、窓枠も取り付けないといけない。壁や屋根には塗料を塗る必要があるな。デッキと玄関は結構高い場所にあるので、階段も必要だ。

窓枠を付けて玄関に扉を付ける。建てたのはログハウス調の小屋だが、窓と扉を付けると、一気に家らしくなった。別荘地や観光地にコテージとかいって小さな建物があるが、モロにそんな感じだ。これが１７０万円なら安いが、手間賃が入ってないからな。

簡素な階段を上り部屋の中に入ると、中は12畳の空きスペース。がらんどうな部屋には当然、何もない。台所もないし便所もなく、タダの箱だ。だが、シンクを取り付けて台所を作ることも可能だろう。どんな仕様も自分の思いのままだ。

今日から、この中で寝泊まりすることにしよう。その前に殺風景な床を何とかしよう。簡単なフローリング材をシャングリ・ラで購入する。ぱっと見、黒檀にも見える黒い床だが、シール状になっている樹脂製だ。保護シートを剥がして、シールを貼るように床にペタペタと貼っていけば――。

あっという間に、なんちゃってフローリングの完成だ。

そこに安い絨毯を敷いて、その上にベッドを置く。ベッドはいろいろと迷ったが、【天然スノコベッド】というのを1万6000円で購入してみた。そしてマットレスが5000円、敷き布団が6000円、羽毛布団が1万円だ。

早速、できたてのベッドへ飛び込む。

「おお～っ、フカフカだぜぇ」

寝転がって天井を見る。当然、天井板はないので、梁が剥《む》き出しだ。

もちろん天井板を貼れば天井だって作れるし、さらに内壁も貼ってその上に壁紙を貼れば、元世界風の住宅にすることも可能。だがこの方がスローライフっぽいので、このまま行くことにした。

「そうだ、灯りがないな……」

取りあえずガソリンランタンを梁に取り付けて灯してみる。ランプの光に照らされる木材の色が、いい感じだ……。

電気を使うとなると、配線工事をしないとダメだな。電気はどうしようか？

あのディーゼル発電機はうるさいので、もっと静かなタイプに交換するとしても、ガソリン代や灯油代がかかるな……。川に水車を作って発電機を設置し、バッテリーに充電するのがよさげな感じがするが——絶対に盗まれるな。

ここで太陽光発電パネルや風力発電機を使ってバッテリーチャージできるかな？

昼になれば日差しは結構入ってくるが、日照時間は少々短い。太陽光発電パネルを何枚か並べた所で発電できるだろうか？　まぁ、物は試しに、やってみるのもいいか。

壁と屋根の塗装も残っているし、まだまだ、やることは山ほどある。

◆◇◆◇◆

——それから、さらに1カ月後。俺の家は完成した。

全体はこげ茶色で、軒先と窓が白い家だ。

家の隣には小さな畑のスペースを造り、敷地を囲むように柵も作ってみた。杭はシャングリ・ラで買うと高かったので、川沿いに生えていた木を切り倒して自作。

杭や柵板にはシャングリ・ラで購入した防腐剤が塗ってある。そして柵の周りには黄色とオレンジ色のマリーゴールドが咲いている。こいつは虫除け効果がある。一応、虫除けの魔石を買ったが、効果範囲があまり広くなく、畑までカバーできそうにないので、こいつを植えてみた。

この世界を遺伝子汚染してしまう可能性があるが、効果がなかったら引っこ抜こう。

風呂の周りに階段付きのプラットフォームを作って、入浴の際の出入りを改善。周りを板で囲み、上にも簡単に屋根を付けている。誰も見ていないとはいえ、丸見えだと精神衛生上よろしくない。だが、入浴はすこぶる快適で、たまの風呂日が楽しみだ。

部屋の奥にはシンクを付けて台所を作ったが、棚などの収納は作っていない。全部アイテムBOXに収納できるからだ。

家の近くにはトイレも設置し、周りには小屋を建てて、屋根付きの隔離スペースを作ってある。見た目は元世界のトイレとなんら変わりない。便器の蓋も閉まるのでハエや虫をシャットアウトできる。トイレは狭いに限る——なぜか広い所や開放的な場所だと落ち着かなくて、出る物も出なくなってしまう。もちろん、この溜まった糞尿は堆肥にしてリサイクル。そして、その堆肥で作物を育てる。

これぞスローライフ。だが、この便所を夜に使うのは、ちょっと怖そうなだな。

懸案だった電気だが、森の木を3本伐採してスペースを確保。そこに1枚1万円の太陽光パネルを20枚並べた。1枚の発電量は50Wなので、20枚で1KWの出力だ。それにバッテリーを購入。充電機能が付いたポータブルタイプの多機能バッテリーだ。値段は1台4万5000円。これなら充放電コントローラを使わなくても、直接太陽光パネルに繋いで充電できる。

バッテリーは3台買って交代で使うことにした。足りない分はガソリン発電機で補う。実際に使ってみても、電気が必要なのは部屋の灯り程度。電球にLEDを使えば消費電力も少なく、これで十分なことが分かった。

テレビなどは、シャングリ・ラで動画が見られるので欲しいとも思わない。

ただ、冷たい飲み物のために、小さなモバイル冷蔵庫を買った。これなら昇圧しなくてもバッテリーに直接繋げられるからだ。

発電量がもう少し欲しければ、さらに木を伐採して太陽光パネルの数を増やせばいい。

城が完成して、一国一城の主となった俺の異世界スローライフが始まった。

4章　森でのんびりスローライフ

森の中で暮らし始めて1カ月ほどが経った。

暗い森の中にも慣れたので、少々散策を開始してみる。

シャングリ・ラで買ったデジカメで、森の中に咲く見たことがない花や、珍しい植物の写真を撮りながらさまよう。こんなことをして何の意味があるのかというと、何の意味もなくただの趣味だ。美しい花や植物で、アルバムが埋まっていくと楽しいのだ。

「おお、こいつは綺麗な花だな」

大きな花弁が美しい。白い花をカメラのファインダーの中に入れる。このカメラもシャングリ・ラで購入した中古の一眼レフカメラだ。

カメラを構えながら大きな木の周りを回る。すると、木の根本にあった黒い物が動いた。

突然のできごとに俺は飛び上がり尻餅をついた。カメラが腐葉土の上に転がる。

大木の根本にいたのは黒い獣。黒光りする短い毛が全身を覆っている四脚《ケモノ》だ。よく見れば、それは猫。猫といっても家猫のようなかわいい大きさではない。

大型犬並みの体長を持ち、細長く伸びる美しい脚とくねる尻尾、そして頭の上にはピンと伸びる長い三角形の耳――豹《ひょう》、いや山猫か。

全身真っ黒かと思ったのだが――よくよく見ると、黒い中にも薄い模様が見える。

呼吸をして腹が動いているので、まだ生きているのだが……ぐったりとして動かない。じっくりと見回すと、左後ろ脚の付け根に怪我をしているようで、折れた矢が刺さっている。

「ありゃ可哀想に……なんとかしてやりたいが……」

しかし、こんな大型の獣、噛みつかれでもしたら一発でアウトだ。

ちょっと触ろうとしたら気が付いたらしく、鋭い牙を剥き出して激しく威嚇されてしまった。そのしぐさは猫と一緒だ。だが最後の気力を振り絞っての威勢だったのか――体力を使い果たしてしまったようで、ぐったりとして動く気配がない。

シャングリ・ラから座布団を買って、噛みつき対策として腕に巻き付け紐で固定。それからバイク用のネックガードを購入して肩にかけてみた。

これで首から肩にかけてをガードできるから、急所へ噛みつくことはできないだろう。

我ながらいい考えだが、これでもはっきり言って、超怖い。

意を決して、黒い獣の後ろ脚に突き刺さったままの矢を引き抜く。

突然の激しい痛みに驚いたのだろう。体を起こして噛みつくような素振りを見せたが、すぐにぐったりとしてしまった。もう体を起こす体力すらない。弱肉強食の野生の世界で、こんな怪我をしていては、ほかの野獣のいい標的になってしまうだろう。獣はそれを察して諦めているようにも見える。

矢を引き抜いた毛皮の周りを確認する。柔らかく滑らかで、黒光りするビロードのような手触り。傷口の周りの毛は黒く濡れ、触るとかなり熱を持っている。

「こりゃ化膿しているな」

熱もかなり出ているはずだ。ぐったりしているのは、そのせいだろう。さて、どうすりゃいいのか？

とりあえず、シャングリ・ラからプラ製の容器に入った洗浄用の生理食塩水を買う。

ジャバジャバと食塩水を注ぎ込んで傷口の中まで洗浄したあと、アイテムＢＯＸからアルコールとティッシュを取り出して、傷口の周りを消毒する。黒い毛皮なので黒く濡れているように見えたが、傷口をふいたティッシュが赤く染まる。

あとは薬か……シャングリ・ラには薬も売っていたよな。検索してみると動物用の薬もあるが、傷薬はない。異世界の動物に人間用の薬が効くか不明だが、抗生物質を検索する。

「化膿止め、グラム陽性菌などに広い抗菌力……これかな？」

もともとは皮膚炎の薬っぽいが、売っている抗生物質はこれしかない。チューブに入った軟膏を購入して、傷口と黒い毛皮に刷り込む。その間も黒い大猫はぐったりしたままだ。さらに鎮痛消炎剤を買い、1錠を砕いて水で溶き、さっき買った注射器のような器具で獣の喉の奥へ流し込む。これでいいのか？　効くのか？　全く不明。

取りあえず処理はしたが、このまま放置しておけない。運ぶ手段をしばらく思案――生き物はアイテムBOXへ入れられない。……シャングリ・ラでキャリアを検索。ワイルドキャリアという、折りたたみ式で4輪の箱型キャリアが9000円で売っている。荒れ地に対応した幅広の低圧タイヤを履いているので、腐葉土にめり込んだりしないだろう。

「ポチッとな」

キャリアを購入して組み立て、中に茶色の毛布を敷き詰めると――ぐったりとして動かなくなった黒い身体を抱えあげる。

「お、重い！」

腰を落として、なんとか担ぎ上げ――こりゃ30kg以上あるだろう。抱え上げてキャリアの中にそっと入れても、俺のなすがままでピクリとも動かない。

もしかして、もうダメなのかなぁ……。暗い森の中、4輪カートをゆっくりと引きながら、家を目指した。アイテムBOXへ入れることができれば、こんな苦労は不要なのだが。

家まで獣を連れて来てしまったが、どうしようか。ゲージを検索したが、檻の中に入れるのは可哀想だな——かといって一緒に部屋にいて、寝ている間に噛みつかれたら最後だ。

「う～ん……」

しばし悩むが、こいつを家の中に入れて、俺が外にテントを張って寝りゃいいんだ。

そうと決まったので準備をする。部屋の隅に青いビニールシート。その上に毛布を敷いて、そこに寝かせることにした。青いプラ製の四角いタライを買って、猫トイレ代わりにする。使ってくれるかは不明だがな。

抱えた時に確認したのだが、この黒い身体の持ち主は彼女のようだ。

彼女は毛布の上で、ぐったりとして動かない。小さな皿に水と猫缶を1つ開けた。グルメだったら困るので高いやつにしてみたが、目の前の食べ物にも反応せずに、じっと目を閉じたままだ。せめて飯が食えれば、体力も戻ると思うのだが……果たして。

家の前にテントを張って、俺はキャンプの準備に入った。せっかく家を作ったのに外でキャンプとは少々間抜けだが、致し方ない。彼女が助かるかどうかは数日で結果が出るだろう。少々可哀想だが、こんな世界に獣医なんていないだろうしなぁ。

もしかしたら治癒魔法みたいなのがあるかもしれないが……。

◆◇◆◇◆

――次の日の朝。

外のテントで目を覚まし、家の中を覗いてみる――彼女に全く変化なし。水も猫缶にも口を付けた跡はない。一応、水と猫缶は新しいのに交換してみた。じっと見ていても仕方ないので、市場で商売しがてら、動物の治療について聞き込みをしてみることにした。

その手の情報に詳しそうなのは道具屋の爺さんだろう。街にも詳しいと言っていたし、人脈もありそうだ。そんなわけで爺さんの道具屋を訪れた。暗い店内で爺さんの姿を探す。

「……ちわ～」

「何じゃな？」

「うわ！」

突然、何もなかったような暗闇から出てきた、ローブを被った爺さんに驚く。

驚いている俺に、爺さんは得意げな顔だ。爺さんによると、あの大猫は「森猫」というようだ。森猫の治療について話したのだが――動物に回復魔法を使うなんて言語道断。森猫の毛皮は高級素材なので、ギルドへ持っていった方がいいとまで言われてしまった。

やはり価値観の違いはいかんともしがたい。

市場で露店を開きつつも、森猫のことが気になる。傷口の洗浄をして化膿止めも塗っている。あれで大丈夫のはずだ――と、スツールに座りながら自分に言い聞かせる。

それでも何か薬はないかと、シャングリ・ラの中を隅々まで検索を掛けて眺める。

「旦那、何を考え込んでいるんだい？」

隣の店のアナマだ。

「いや、ちょっとな」

「男が考え込むってのは、金か女のことだろ？」

女は女かもしれないが……アナマに黒い毛並みの彼女のことを話してみる。

「はは……またずいぶん酔狂だねぇ。変わった御仁だと思ってたけど、本当に変わり者だよ」

「悪かったな」

すっかり呆れ顔のアナマと話していると、突然、違う女からも話し掛けられた。

「森猫の匂いがするにゃ！」

振り向くと声の主は――その森猫と似たような毛皮を纏っている獣人の女、ミャレーだ。そんなに匂いがするかな？　そりゃ森猫を抱きかかえたりして服もそのままだが……。

ミャレーに森猫を助けた話をすると、彼女を見たいという。

夕方近くになり露店を畳むと、ミャレーと一緒に俺の家がある森を目指す。俺が森の中に住んでいると言うと彼女も驚いた。狩りで森へ入る獣人から見ても俺の行動は変らしい。

「それじゃ獣人たちは森猫を大事にしているのか？」

「しているにゃ！」

普通の人にとって森猫は高級毛皮の素材だが、彼ら獣人にとって森猫は神様の使い、つまり天使らしい。矢を射って森猫を仕留めようとしたのは獣人以外ってことになる。

「でも犬人は違うにゃ。森猫をやったのは多分奴らにゃ！」

同じ獣人でも犬人という狼のような種族は、俺が襲われた黒狼——魔狼《まろう》という黒い狼を神の使いだと崇《あが》めている。このような思想と宗教的な違いから、ミャレーのような猫人と犬人の仲は、昔から悪いらしい。

「それじゃ猫人は黒狼を狩るんだろう？」

「当然にゃ」

これに関しては何とも言えないなぁ。森猫を助けたのも、たまたまだし——もしかして黒狼が1匹だけで死にかけていたら助けてしまったかもしれない。

だが森猫を助けたので、ミャレーの中では俺は猫人の仲間という認識みたいだな。

しかし犬人と会ってしまったら、どうするべきか。俺の不注意が原因とはいえ、森で襲われたので黒狼に対するイメージはよろしくない。う～ん……まぁ、その時に考えよう。

川にかかる橋を渡り、俺の家へ続く道を歩く。ミャレーがいるから自転車は使えない。

「森への道を作ったにゃ？　すごいにゃ」

草刈り機を使ったので簡単だったが、これを全部鎌でやったら、さすがに大変だろう。俺の歩みが遅いというので、彼女に背負ってもらって、家へ向かう。男ほどの体躯はないが、獣人の女も力がある。酒に酔った男を放り投げるぐらいのパワーがあるんだからな。

俺を背負って森の中を疾走したあと、見えてきた俺の家を見てミャレーが再び驚く。

「森の中に家を作ったにゃ⁉　ケンイチが作ったのかにゃ？」

「そう、苦労したんだぜ」

まさか組み立てキットだとは思ってなかったからな。でも逆に、キットだから組立てられたようなもんだ。これを一から設計して建てるのは、俺には少々無理だな。材料と道具があるし、重機もある——できないことはないと思うが、長い時間がかかると思う。

「この匂いは何にゃ？」

「匂い？」

彼女が気になるのは、柵の外周に植えた虫除けのマリーゴールドの匂いらしい。本当に鼻がいいんだな。小さな階段を上り、これまた小さいデッキから続く玄関の扉を開けると、ミャレーを俺の家に招き入れた。

「中はそんなに広くないけどな」

「すごく綺麗だにゃ～！」

街には、これよりボロい家が沢山ある。こんな自作の家でも、豪商や貴族の屋敷を除けば、この世界ではかなり上等な部類に入る。

部屋の中には相変わらず何もない。ベッドと敷物だけだ。家具などなくても、アイテムBOXに全部入ってしまうからな。

部屋の隅に敷いた毛布の上には、森猫がうずくまったままだった。だが――猫缶が少し食べられている。水も少し飲んだようだ。

「お、少し食べたあとがある。このまま食欲が戻ってくれればいいんだが……」

「脚の付け根を怪我してるにゃ。可哀想だにゃ……」

「折れた矢が刺さっていたんだよ」

「やっぱりあいつらにゃ」

あいつらというのは犬人のことらしいが、証拠もないのに決めつけるのはどうなのか。

傷口を消毒して再び薬を塗る。薬がしみるのか、森猫が傷口を舐めようとしている。

「ああ舐めちゃダメだ――こういう時に動物の首に巻く保護具があったよなぁ」

シャングリ・ラで検索を掛けてみる。そう、エリザベスカラーだ。大型犬用のデカいやつを購入する――3000円だ。落ちてきた透明な三角すいを首に巻く。俺の気のせいだろうか。動けないのをいいことに好き勝手しやがって、みたいな顔に見えなくもない。

「だが君のためなんだ、分かってくれ」

三文芝居のようなセリフを吐きつつ身体を撫《な》でてやるのだが、エリザベスカラーを見たミャレーが不思議そうな顔をしている。

「それは何にゃ？」

「傷口を舐めないようにする物だよ。傷口には薬が塗ってあるからな」

「ケンイチは医者なのにゃ？」

「違うけど、傷の手当ぐらいならできると思う」

森猫が口をつけた猫缶を新しくするために皿を下げようとしたのだが。

「それはどうするにゃ？」

「新しくするから捨てようかと……」

「それなら、ウチが食べるにゃ！」

「え～？　ちょっと待て。食い物ならほかにもあるぞ？」

「それが美味そうだから、それがいいにゃ」

「これは動物用の食べ物なんだぞ？」

「動物が食べて大丈夫なら、ウチが食べても大丈夫にゃ」

「そりゃ、そうだが……」

何が楽しゅうて猫缶を食いたいのか。彼女には美味そうに見え、匂いもいいらしい。まぁ、猫が喜んでまっしぐらだからなぁ——獣人がまっしぐらになっても、おかしくはないが。

「明日、鳥を獲ってくるので、それと交換してにゃ」

「いや、どうしても食いたいなら別にいいんだが」

客に猫缶を食わせるのは気が引ける。人間が食っても平気だって話もあるし、ネットでも猫缶やドッグフードを食うネタはあったので、大丈夫だとは思うが。しかし、ここは異世界——気にしたら負けなのかもしれない。ミャレーの皿を用意して、森猫が食いかけた猫缶をそこへ移した。新しいのを用意すると言っても、これでいいと言う。

猫缶を食ったことはないが、塩味が薄いらしいので、塩や醤油など調味料をアイテムＢＯＸから出してやった。醤油は匂いがダメらしい。発酵食品だから独特な匂いがあるのかもしれない。俺が気にならないのは日本人だからか。

じゃあ、正義の味方マヨネーズだ。こいつは異世界でも正義の道を示してくれるだろう。

「美味いにゃ！」

テーブルに座って、猫缶を一口食べた彼女が感嘆の声を上げた。

「美味いのか？　ちなみにどの調味料がよかった？」

「この黄色いのにゃ！」

くくくっ――やはり、マヨネーズはここでも民衆の心を掴んだか。食事が猫缶だけじゃなんなので、スープとパンも出してやる。森猫にも新しい猫缶を出してやった。

「美味いにゃ〜！　ケンイチの食事は美味いにゃ〜！」

そうか、そうなのか？　喜んでいるのはいいのだが、俺としてはちょっと複雑な心境だ。

猫缶を美味しそうに頬張る彼女に、獣人たちが欲しがった香辛料のことを聞いてみる。

「故郷の料理に沢山使われるにゃ」

なるほど、彼らのソウル・フードってやつだ。日本人でいう米の飯や醤油に相当するものなのだろう。たまに無性に食いたくなるが、香辛料の値段が故意に釣り上げられて買えない――それで困っていたようだ。

美味い物を食べて森猫のことはどうでもよくなったのかと思えば、そうでもない。やはり心配らしい。

「森猫はよくなりそうにゃ？」

「ここに連れて来た時は全く動かなかったけど、少し元気になったようだし、食事にも口をつけたみたいだ。多分、よくなるんじゃないだろうか……」

「ケンイチがいい人でよかったにゃ～。ほかの奴だったら絶対にギルドに持ち込んでいたにゃ」

「ギルドに持ち込んでどうするんだ？」

「買い取ってもらって毛皮の素材にするにゃ」

やっぱりそうなのか……ミャレーの話では、仕留めた獣を冒険者ギルドに持ち込めば解体してくれるのだという。

「毛皮は売って肉だけもらうとかも可能なのか？」

「にゃ」

それじゃ冒険者ギルドにも入っておいた方がいいかもしれないな。

冒険者ギルドは元世界でいう職安らしいので、普通の仕事の斡旋もやっているようだ。

「それじゃ冒険者ギルドに入って、仕事に困ったらそこへ行けばいいのか」

「そうにゃ。子供なんかも薬草を採ったりする仕事しているにゃ」

冒険者ギルドで薬草採りか……ＲＰＧの一番最初のお使いイベントみたいだな。ミャレーの話によると、獲物を獲ったり、鉱物や珍しい植物を探したり、そのまんまＲＰＧだが、商売のほかに、そういう稼ぎ方もあるってことか。

しかし初期登録料は銀貨１枚（５万円）だという。子供には少々高いのでは？

「分割もできるにゃ」

「そうらしいな。俺も商業ギルドの登録料は分割にしてもらった」

まぁ毎日仕事をして、５００円ずつ返しても3カ月半もあれば払える金額だしな。

飯を食ったあと、ガソリンランタンを灯して、ミャレーと話し込んでしまったが、こいつ泊まっていくつもり満々だぞ？　いいのか？

「だって森猫が心配だにゃ……」

「いや別に俺はいいけどな。ベッドは1つしかないんだぞ？」

「一緒に寝ればいいにゃ」

あっけらかんと言う彼女だが、獣人の女ってのはそうなのか？

「そんなことないにゃ。森猫を助けてくれるケンイチは絶対にいい人だからいいにゃ」

いい人だから——この世界の貞操観念が分からん……獣人だからかもしれんが……。

まぁ、いいか。ミャレーはなかなかかわいいしな。

「それじゃ、風呂に入るか？」

「風呂？　風呂って温かい風呂かにゃ？」

「そうだ。お湯の風呂な」

「入るにゃ！」

ぴょんぴょんと跳ねて喜んでいる。飛びすぎて天井の梁に頭をぶつけそうだ。そのまま掴まると逆上がりして、梁の上に忍者のように飛び乗った。動きが映画のＣＧみたいだぞ。特撮なしですごい映像が撮れそうだな。そのまま上から飛び降りてきた。

「なんだ、すげぇぇ！」

「このぐらい獣人なら子供でもできるにゃ」

ええ？　身体能力高すぎだろう。だが獣人ってのは、読み書きも計算もできないらしい。天は二物を与えなかったか。

もう森の中は真っ暗だ。家の外に作った風呂場にランタンを持っていく。

ドラム缶風呂は入浴のためのプラットフォームを板で作ってあり、補助用の手すりも取り付けてある。ランタンを風呂の脇に置いて薪を焚く。

取りあえずお湯を沸かすが、獣人のお湯かげんが分からん。猫舌なんて言うぐらいだから熱いのは苦手かもしれない。少々、温《ぬる》めの温度にしてみるか。

「ここを倒せば水が出るから、お湯が熱かったら入れてくれ」

「分かったにゃ～」

こんなドラム缶風呂でもミャレーははしゃぎ回っている。よほど嬉しいらしい。勢いよく服を脱いで裸になる。獣人は皮ふが毛皮なので、服を脱いでも裸という感じはしない。

だが胸を見ればポッチがあるし、風呂の縁を跨いだ股間にはゴニョゴニョがちゃんとある。

当たり前だ。ミャレーは生まれて初めてというドラム缶風呂に、実に気持ちよさそうに目を細めながら浸かっている。場所によっては大衆向けのサウナのような所はあるそうなのだが、獣人は毛が抜けるので入れてもらえないらしい。

もしお湯の風呂が街にあったとしても、入れないのかもしれないな。

「初めての風呂はどうだ？」

「あったかいにゃ～」

目を瞑《つぶ》って極楽気分だろうか？　湯船から出た彼女が石鹸を毛皮に擦り込むと、みるみる白いブクブクが立ち、泡だらけになる。

「ケンイチは入らないにゃ？」

「そうか俺も入るか」

俺も服を脱いで裸になる。彼女は男の裸を見ても、何とも思わないようだ。

風呂に浸かり、ランタンに照らされたミャレーの身体を眺める――ランタンに照らしだされて、くっきりと陰影の付いたそれは、まるで彫刻のよう。芸術作品に見える。

泡塗《まみ》れになって、くねくねと動いている自分の尻尾を捕まえて泡立てているが、全身を毛皮が覆っているので、隅々まで洗うのはなかなか大変そうだ。

風呂から出ると、桶でお湯をミャレーに掛けて泡を流してやる。

「はは、ミャレーの泡を流したら、お湯がなくなってしまったぞ」

「にゃ～」

ミャレーは再度ドラム缶の中でお湯に浸かっている。俺はこのまま上がるとするか。

ズボンだけ履いて、彼女のためにバスタオルを何枚か用意する。河原で身体を洗った時もそうだったが、全身を覆う毛皮をふくには、タオルが1枚じゃ足りない。彼女のためにヘアドライヤーでも用意しようかと考えたのだが——いいことを思いついた。

工場や倉庫などで暖房として使われる、ジェットエンジンみたいな灯油ヒーターで温風を送ってみるか。あれなら普通のドライヤーより強力だろう。シャングリ・ラの画面を出して小型のものを購入する。値段は3万6000円で、ジェットヒーターというらしい。

燃料は灯油だが、白灯油がまだ残っている。家の外にアイテムBOXからテーブルを出して、その上に載せる。手元が暗いので小型の電池式のLEDランタンも購入した。この世界には青い光の魔法のランタンがあるらしいから誤魔化せるだろう。

白灯油を満タンにして、モバイルバッテリーを出してコンセントに繋げる。

「スイッチオン！」

カチカチという連続音と共にファンが回り、ゴウゴウという音を立てて風を送り始める。

おお！　こりゃすごい。紅い炎が噴き出す見た目は、まさにジェットエンジン。これなら、ミャレーの毛皮もすぐに乾くだろう。

「ミャレー、こっちへ着て濡れている毛を乾かしな」

「何にゃ、これ？　熱い風が出てるにゃ」

彼女は不思議そうに、ヒーターから出てくる熱風に手をかざしている。

「灯油を燃やして、魔法で風を送っているんだよ」

「このランタンは魔法のランタンにゃ？」

青白い光を放つＬＥＤランタンにも気が付いたようだ。

「まぁな。売り物じゃないんだけど」

「ケンイチは何でも持ってるにゃ～」

ヒーターが気に入ったのだろう、身体中を撫で回して熱風で毛を乾かしている。まるで、ダンスを踊っているようでなかなかに艶《なまめ》かしい。お尻を向けて乾かしたり、片脚を上げて股間を乾かしたりし始めると、さすがに目のやりどころに困ってしまう……彼女は全く気にしていないようだが。

「おお～、なんかすごいフワフワになったんじゃね？」

「にゃ～、焚き火で乾かしても、こんな風にはならないにゃ」

彼女の毛に触れてみると、フワフワだ。その手触りは癖になりそう。

テーブルやヒーターを片づけて家の中に入る。

「何か飲むか？」

「そんなことよりにゃ……」

ミャレーが、フワフワの身体で抱きついてきて、尻尾を俺の腕に絡めてくる。うわぁぁ――あったけぇぇ。あまりの手触りのよさに、思わず流されてしまいそうになるのだが――。

「いや、ちょっと待て待て」

「にゃ？」

「神様の使いが苦しい思いをしているのに、俺たちがその横で楽しんでいいのか？」

「うにゃ？　うにゃ～」

俺にそう言われて、ミャレーも、はたと考え直したようだ。

シャングリ・ラで飲み物を探す。風呂あがりといえばコレだ――フルーツ牛乳。

「美味いにゃ！　ミルクだけど、ミルクじゃないにゃ！」

フルーツ牛乳にミャレーは感激したようだ。

森猫を家で寝かせて、俺が外のテントで寝ていたことを話すと、ミャレーは笑った。彼女の話では森猫は人を襲わないようなので、ベッドで寝ることにした。１つのベッドで、一緒に就寝。フカフカになった獣人の毛皮は、どんな上等な毛布より温かった。

◆◇◆◇◆

——朝起きると、ミャレーがいなかった。俺が起きるのが遅いので早めに起きて帰ってしまったのか。森猫の方を見ると、猫缶を半分ぐらい食べている。

「やったな。このままよくなれよ」

背中を撫で、再び傷口を消毒して薬を塗る。なんだかんだで、薬も効いているようだ。アイテムＢＯＸからパンを取り出して頬張る。

「さて、飯のあとは草刈りでもするかな」

どこから来たのか、畑には雑草が生え始めている。放置すると森の外の平原のような背の高い草で覆われてしまうだろう。

草に塗れて作業をしていると、背中に弓を背負ったミャレーが森の奥からやって来た。手に青い羽が光る鳥の首を握っている。大きさは鳩ぐらいか。

「ミャレー、帰ったんじゃなかったのか？」

「昨日、鳥をあげると言ったにゃ」

「そういえば、そんな話もしたか……弓なんてどこから持ってきたんだ？」

「朝起きてから家に帰って持ってきたにゃ」

「一旦、家まで帰って、狩りのために森の奥まで行って来たのか？」

「にゃ」

どんだけ、スピードとスタミナがあるんだよ。

彼女が鳥を捌くと言うので、やり方を教えてもらう。

「ミャレー、俺は鳥を捌いたことがないから、やり方を教えてくれよ」

「いいにゃ」

彼女は手際よく鳥を解体していく。腐敗を防ぐために水に浸けて冷やしたりしないとダメらしいが、俺にはアイテムＢＯＸがあるからな。

「ミャレー、朝飯食ったか？」

「食べてないにゃ」

「じゃあ、これを焼き鳥にして食おう。一口の大きさに切ってくれ」

「このぐらいかにゃ？」

ミャレーに肉の下ごしらえを任せて、俺はシャングリ・ラで焼き鳥用の竹串を探す。業務用、鉄砲串ってやつだな。２５０本入りで、８００円。そうそう焼き鳥のタレもいるな――ポリ容器に入ったものが６００円だ。――そういえば醤油がダメだと言ってたな。彼女のは塩にする早速焼いてみる。カセットコンロをアイテムＢＯＸから出して、焼肉用の網を敷く。串を打った鳥肉を焼いてみる。

「こうやって焼いて食うんだ」

「にゃ！」

鳥だから、しっかりと焼かないとな。しかも野鳥だ。ヤバい病気とか持っていると困る。肉に火が通ったら塩を振る。

「ほら、１本食ってみろ」

「にゃ～！」

喜び勇んで食いつこうしたミャレーが動きを止めた。変な臭いがすると言う。

「臭い？」

焼き鳥を１本取って、クンカクンカしてみる。何だろう？　イマイチ分からん。

「どんな臭いがするんだ？」

「なんか野菜が腐ったみたいな臭いだにゃ」

「ん～？　まさか」

俺は、カセットガスバーナーのバルブを開けて、ガスを少々彼女に嗅がせてみる。

「この臭いだにゃ！」

「ええ〜？　鼻がよすぎるだろう」

そうか直火で焼くから、ガスの臭いが付いてしまうのか。獣人は鼻がいい。しかし、これはイカンな。そうなると……。シャングリ・ラで七輪を探す。しかも、バーベキュー用の四角タイプだ。これがいいだろう――1000円だ。野鳥を炭焼きで焼き鳥か――こんなの元世界で食ったら、どんだけ金を取られるか分からん。

必死に炭を起こしている俺にミャレーが呟く。

「ウチは、昨日の美味しいのでいいにゃ」

昨日の美味しいのって猫缶かよ。どうも調子が狂うな。せっかく美味い焼き鳥を食おうとしているのに、猫缶でいいとは。

しかし腹を空かせているミャレーが可哀想なので、猫缶を検索する。マジでいいのかよ。せめて一番高いゴールド缶ってやつを購入する。昨日のは肉だったが、金の帯が入っている高級缶の中身は魚らしい。皿をアイテムＢＯＸから出して猫缶を開ける。

「これは魚らしいぞ」

「にゃ！」

飛びついたミャレーが一口頬張る。

「う、美味いにゃ〜！　口の中でとろけるにゃ〜！」

口からビームが出そうなぐらいに叫んでいる。そんなに美味いのか。

そんなことをやっているうちに炭の準備ができたので鳥を焼き始める。俺もパンを少し食ったが。焼き鳥の1本2本なら腹に入る。真っ赤に焼けた炭の上に鳥の脂が滴り落ちて、白い煙をモウモウと上げる。それと一緒に漂ってくる香ばしい匂い。

やっぱり炭火で焼くと美味そうだ。タレを塗ってさらに焼いたやつを——パクリと一口。

「美味い！」

焼き鳥用の甘いタレが鳥肉とよく合う。少々肉は堅いが臭みなどは一切なく美味い肉だ。ブロイラーなどと違って皮に脂身などは少ないが、噛めば噛むほどに旨味が出てくる。

「ほら、こっちも焼けたぞ。食ってみろ」

ミャレー用には塩で焼いてみた。俺から差し出された串を頬張るが——。

「美味しいけど、こっちの魚の方が美味いにゃ」

マジかよ、猫缶に負けるのかよ……おじさん超がっかりだよ。ミャレーが帰ったあと、森猫にも焼き鳥を3切れほどおすそ分けをする。

さて、腹一杯になったから、今日は畑起こしでもするかな。

小さな畑なので、鍬《くわ》でいいか～、とやってみたのだが——早々にギブアップ。無理をしないことにした。何のためにシャングリ・ラがあるんだ。早速、耕運機で検索を掛ける。

う〜ん、こんな小さな畑なら電動がいいかもな。エンジン式だと手入れが少々面倒だ。

「ポチッとな！」

ガシャ！　っと電動耕運機が落ちてくる。普通はダンボールなどで包装されて送られてくるのだが、なぜかそこら辺は省かれている。まあ、包装があっても取り出す手間がかかるだけだし、ゴミが出なくていいのだが……。

ディーゼル発電機を出して、エンジンをかけ耕運機のケーブルを繋ぐ。俺は耕運機の取っ手を持っているだけなので楽ちん。電動なのですごく軽い。やってみると意外と面白く、30分ほどで耕し終わってしまった——早い！　これを鍬でやったら翌日は筋肉痛間違いなしだ。

畑の土は森の腐葉土がたっぷりだから、栄養満点だろう。畝《うね》を作りながら何を作ろうか考える。まずは定番のトマト、ナス、芋かな……ってみんなナス科だよ。これじゃ輪作障害が出ちまう。同じ種類の作物を連続して作るといろいろと障害が出て、まともに育たなくなってしまうのだ。

取りあえず、トマトだけ植えてみるか。いろいろと料理に使えるし。普通の赤いトマトと珍しい黒いトマトを買ってみることにした。

シャングリ・ラで野菜も買えるので、菜園をやる必要はないようだが、スローライフといえば菜園じゃん。これは外せない。かなりチートなやり方だけどな。

もし魔法が使えれば、すぐに実がなったりとか便利な呪文があるのかもしれないが。逆に、栽培する楽しみがなくなると思うんだ。

一緒に肥料も購入して畑に種を蒔《ま》き、水もやる。水はポリタンクに入った川の水だ。しかし、いちいちポリタンクを使って、川から森まで運んで来るのも面倒だな。森の中で井戸は掘れないものか？　釣瓶《つるべ》を落とす大型の井戸は必要ない。ドリルでも使ってホースやパイプを通すだけの穴が開けばいい。シャングリ・ラには井戸用の電動ポンプもあるし、塩ビ管も沢山売っているしな。

これだけ巨木があるのだ。この森の地下には、それなりの水が蓄えられているに違いない。井戸の知識を得るために、井戸掘りの本をシャングリ・ラで購入した。なかなか興味深いことが沢山書いてある——ベッドに寝転がり、一日中読みふけってしまった。

◆◇◆◇◆

——翌朝。眠い眼で天井を見ると、いつもと違う——梁に何かいる……。

「……ん？」

目を擦って焦点を合わせようとする。黒い物体が白い帯を巻いているのが見える……。目を凝らすと、それはエリザベスカラーを首に巻いた森猫だった。いつも彼女が寝ていた場所を見ると、当然そこにはいない。皿の猫缶は綺麗に全部平らげられていた。

「飯が食えたのか？　そんな所に登れたということは元気が出たのか？」

人語など理解できないと思ったが、取りあえず話し掛けてみる。

俺を襲うつもりなら、もうとっくに殺られているだろう。彼女に敵意はないはずだ。

それに、ミャレーは森猫が人間を襲うことはない——と言っていたからな。

「うげっ！」

森猫が俺のベッドの上へ飛び降りて来た。30kgほどもある大型の獣に乗っかられたら、かなりの衝撃だ。

「にゃ～ん」

俺の顔に頭をスリスリしてくる。こんなにデカくても鳴き声は猫なのかよ。尖った耳がピンと凛々しく、ピコピコ動くのは結構かわいい。喉を撫でてやると、ゴロゴロと喉を鳴らすのも猫と一緒だ。

そして俺の顔をじっと見てくる。なんとなく言いたいことが分かった。エリザベスカラーを取って欲しいのだ。首に巻いた白いカラーを取ってやると、彼女はベッドから飛び降りて玄関まで行き、ドアをカリカリと前足で引っ掻き始めた。この仕草も猫っぽい。

おそらく外に出たいのだろう。ベッドから降りてドアを開けた。

森猫は左右を確認、大きな耳をクルクルと回して辺りを警戒すると、ゆっくりと慎重に歩みを進める。少し歩くと回りを警戒して、また歩く――そして柵を飛び越えると、暗い森の中へ消えて行った。

まだちょっとフラフラしているみたいだが、あのぶんなら大丈夫だろう。元気になったようでよかった。俺ができるのは、ここまでだ。達者で暮らしてほしいものだ。


朝飯のあと――。今日は露店を出す日だが、サボって井戸掘りをした。場所は家の左前。意を決して穴掘りドリルを買う――3万9000円也。

ドリルの太さは直径10㎝。塩ビ管を入れるスペースがあればいい。

――飯も食わずに井戸掘りをやっていたら、いつの間にやら辺りは既に暗くなりつつある。今日はここまでにして、残りは明日にするか。

夕食は他人丼にした。鳥肉はミャレーからもらった残りだ。鳥肉なら親子丼じゃね？――と思うかもしれないが、元世界の卵と異世界の鳥の肉だ。これは赤の他人であろう。故に、他人丼で間違いないと思う次第である。

タレはメ○ミを使う。こいつは北海道で慣れ親しんでいる、甘い蕎麦《そば》つゆみたいなもの。ふわふわの卵に甘いタレ、そして少々硬いが噛むほどに旨味が出る鳥肉。これぞ異世界他人丼。丼で米の飯をかっ込んで満足満腹。これは定番にしてもいい美味さだ。

◆◇◆◇◆

――次の日。ここまでやってしまったら、井戸が完成するまで露店は休みだ。

試行錯誤の末、塩ビ管の井戸の中に水が溜まるようになった。これを電動ポンプで汲み上げればいい――素人の俺でも、なんとか井戸を掘ることができたってことだ。

しかし、これで完成ではない。水を汲み上げるポンプを接続しなければならない。

シャングリ・ラで検索すると、井戸専用のポンプが何種類か売っている――ポンプとそのほか諸々で合計5万円の出費。上手く接続が完了して――発電機を繋げてスイッチオン！　水が滔々《とうとう》と流れ出た。

「おおっ！　やった！」

俺もなかなかやるじゃないか。これで風呂への水入れが捗《はかど》るぜ――いや……待て待て、せっかくポンプが繋がったんだ。ここから塩ビ管を分岐させて、ドラム缶風呂へ直接水が入るようにすりゃいいんだ。うん、そうしよう。

一旦塩ビ管をバラし、曲がり管などを駆使して、ドラム缶風呂まで水の通り道を作った。

完成してポンプを動かすと、塩ビ管から水がドラム缶の中へ注ぎ込まれる。

あとは、水位センサーでも設置して、ブザーが鳴るようにすりゃいいのだ。シャングリ・ラを調べると、風呂用の水位センサーが2000円で売っていた。設置して、早速、風呂に入ってみよう。塩ビ管からドラム缶へ注ぎ込まれる水に手を当ててみる。

「冷たい！」

そう井戸水は冷たいのだ。ガキの頃、川で泳いだのを思い出す。

それにしてもいろいろと考えて作るのは楽しい。

ドラム缶風呂が水で満たされた頃、森は既に暗くなり始めている。手を浸けていると痺れるぐらい冷たかった水は、時間が経って温くなっていた。汗をかいたから、ひとっ風呂浴びてから飯にするか。ドラム缶の下に作ったカマドに薪を入れて火を点ける——。

突然、背後から予想もしない声を掛けられて飛び上がった。

「ケンイチさん⁉」

聞き慣れた声に後ろを向くと、そこには知った顔が——白いブラウスと紺のロングスカート姿のマロウ商会の娘、プリムラさんだ。

「プリムラさん？　なんでこんな所に？」

「ケンイチさんがお店をしばらく休んでいるので心配していたら、獣人の方に森にいるからと——川の入り口まで案内していただきました」

ここを知ってる獣人といえばミャレーだろう。

訪問してくれるのは別に構わんのだが——いいところのお嬢さんが供も連れずにこんな所へ。

それにもう暗くなってるぞ？　もうすぐ城壁の門が閉まる時間だ……。

しかも、何もかも出しっぱなしである。もちろんユ○ボも……こりゃ拙い。

「プリムラさん、こんなに所に供も付けないで、魔物に襲われたらどうするんです？」

「魔物は——ケンイチさんが住んでいるので大丈夫なのでしょう？」

そりゃそうだ。

プリムラさんがパワーショベルに気がついた。

「ケンイチさん。あの鉄の塊は……？」

「いやぁ、その～そう！　あれは私の忠実なる下僕、召喚獣でして」

「ええ？　召喚ですか？　ケンイチさんは魔法も使えるのですか？」

「ええ……まぁ。申し訳ないのですが、このことはご内密に」

「もちろんですわ。ケンイチさんは大切な取引先ですから。それに——ケンイチさんは不思議な方だと思っていましたけど、その秘密が一つ明かされましたわ」

うーん、弱みを握られてしまった気がするが――まぁ、プリムラさんなら大丈夫だろう。悪意があるなら、とっくに仕掛けて来てるはずだからな。パワーショベルに乗りこみ、実際に動かしてみせる。クルクルと回って、アームを振り上げる。

「まぁ！　本当に言うことを聞くのですね！――ということは、ケンイチさんは調教師《テイマー》でもいらっしゃる？」

「う〜ん、そういうことになるんでしょうかねぇ」

俺は、パワーショベルをアイテムＢＯＸの中へ収納した。

「素晴らしいですわ」

「もう一度お願いいたしますが、このことはご内密に」

「そうですわね。このことが王侯貴族の耳にでも入れば――」

絶対に利用するだけ利用して、あとはポイって感じになるだろう。冗談じゃねぇ。

「そうなるのは絶対に避けたいのです」

「マロウ商会としても、せっかくの取引先を王侯貴族に取られてしまっては悔しいですから。それに王侯貴族の方々は取るだけ取って何も保証してくれませんし」

やっぱりそういう感じなのか。それで言うことを聞かないと「死刑」とか言い出すんだろ――やだやだ。特に、隣の帝国って国は、すごい魔法使いだとバレると、強制的に帝国魔導師として軍へ徴発されるらしい。うわぁ、そんなのは勘弁してもらいたいですわ。

「しかし、プリムラさん。おそらく門が閉まってしまいましたよ」

「ええ、そうですわね」

「まさか、ここにお泊まりになる？」

「あら、ケンイチさんはおやさしい方だと思っておりましたが、女の私に野宿しろと？」

「あの、ベッドが1つしかないのですが？」

ベッドはシャングリ・ラで買えばいいのだが、そういうことではないのだ。

「構いませんわ。買い付けで長期旅行をすれば、男の方と雑魚寝も普通ですし」

大店になる前は馬車一つで国中を買い付けで旅したこともあるらしい。なかなか、逞《たくま》しいな。

タダの金持ちのお嬢さんではないってか。

本人は泊まる気満々だし、放り出すわけにもいかない。丁重におもてなしをしなければ。

家の方へ案内しようとしたのだが、プリムラさんが家の外にあるドラム缶を指さした。

「これは何ですの？」

「これは風呂ですよ」

彼女の目が煌《きら》めく。

「お風呂!?」

彼女は水の入ったドラム缶を隅々まで観察している。

「この鉄の筒に水を入れて、下で火を焚くと風呂になるんです」

「ぜひ入ってみなくては！」

「ええ？　あの、お風呂に入るってことは、裸にならないとダメなんですが」

「もちろんですわ。実際に使ってみなくては、いい商品かどうか分かりませんでしょ？」

「いいのですか？」

「はい、私は——ケンイチさんを信じてますから」

いや、信じるとかそういう問題ではないのだが……まぁ大切な取引先のお嬢さんに手を出すほど愚か者ではないと思ってくれているのだろう。それに当人が風呂に入りたいというのであれば断る理由もないしな。そうと決まれば温度センサーをセットして火を焚く。

「それは？」

「お湯の温度を測る——まぁ、魔導具です。これは非売品なので悪しからず」

お湯が沸くのには1時間ぐらいかかる。家の方へ案内しようとすると、彼女は俺から離れて家の方へ走って行く——だが何かに驚いて飛びのいた。

「きゃぁ！」

慌てて家の前へ向かうと、そこには黒い森猫が香箱座りをしていた。もう暗くなっていたので完全に保護色になっている。いつの間にやって来ていたんだ。プリムラさんの相手をしていたので、全く気が付かなかったな。それとも、もっと前からいたのか？

「なんだお前か。身体はよくなったのか？」

彼女の黒光りする身体を撫でると頭をすり寄せてくる。そして目の前には、彼女が捕らえたと思《おぼ》しき白い動物が——。

ウサギかな？　だが、ふさふさの白い毛皮をした獣の頭には角が生えている。

「それは角ウサギですわ」

角が生えているからツノウサギか——分かりやすい。森猫はそのウサギを軽く咥《くわ》えると俺の前に差し出してくる。

「なんだ俺にくれるってのか？」

そう言って彼女の顎を撫でると、喉をゴロゴロと鳴らしている——全く猫だな。

獲物に触るとまだ温かい。取りあえずアイテムＢＯＸへ収納し、シャングリ・ラから猫缶を買って開けようとすると、森猫が立ち上がり、階段を上ると玄関の前に座る。

「はいはい」

扉を開けると、彼女がするりと家の中へ吸い込まれた。猫は流体である——なんて話があるが、本当に流れるようにするるっと入るな。

「あ、あの森猫は？」

「怪我をしていたのを助けてやったんですよ。お礼を持ってきてくれたのでしょう」

彼女からすれば、どうせお前は獲物も捕れないんだろうから私が恵んでやるぜ——ぐらいの感覚かもしれないが。

「さすが調教師ですわ。森猫と仲よくなるなんて」

「あいつを捕まえて、ギルドへ差し出さないでくださいよ」

「もちろん、そんなことはしませんわ」

プリムラさんと部屋に入ると、ガソリンランタンを点ける。

「小さくても素敵な部屋ですわ——まぁ！」

プリムラさんはベッドへ駆け寄ると、羽毛布団に抱きつく。

「これは？　羽毛布団ですよね？」

「ええ、そうですよ」

「これも、うちへ卸していただけますか？」

プリムラさんが羽毛布団を抱いたまま俺の目を見つめてくる。

「それは、あまり数がないのですが、よろしいですか？」

「はい、もちろんですわ」

おそらく羽毛布団を買えるのは貴族様だけだろう。ならば、あまり数はなくていいはずだ。

プリムラさんと話をしていると、森猫が俺の身体へ巻き付いて何かをアピールしてくる。そして部屋の角へ行くと俺の顔を見るのだ。

「ああ、分かった」

俺は彼女が使っていた毛布を取り出すと、床に敷いてやることにした。ついでに森猫の食事も用意もする。猫缶を2缶、皿に開けてやると、彼女は嬉しそうに食いついた。

「なんだか、ずいぶんと仲がよろしいように見えますけど」

「森猫に嫉妬されても」

「そんなのじゃありませんわ！」

羽毛布団を抱いたままプリムラさんが横を向いてしまう。そんな様子はちょっと幼さが残っているようだ。俺の目がおっさんだから、そう見えるのか？

森猫は飯を食い終わると、俺の敷いてやった毛布で丸くなっている。彼女も今日はここにお泊まりのようだ。

風呂はまだ沸かないので飯にしよう。風呂を待っている間に簡単にできるもの——ということで、アイテムBOXに残っていたレトルトのシーフードカレーにした。カセットコンロでお湯を沸かし、レトルトパックを温める。

「これは？」

「食い物を温めているんです。これも非売品です」

「非売品が沢山ありますのね」

「申し訳ございません」

パックのご飯も見せたのだが、米を見たプリムラさんの反応がよろしくない。

食べたことがない物なので拒否反応があるようだ。無理に勧めることもないので、俺もパンにすることにした。温めたカレーを皿に盛り、あとはパンと牛乳と野菜ジュース。

しかし、ご飯がダメならば、日本食はダメか。ミャレーは醤油もダメだったしな。

「この香辛料の料理は辛いですが、とても美味しいですね。沢山の香辛料が巧みに組み合わされていて、音楽を奏でているよう……でも、このコリコリした食感は何でしょう？」

「多分、海にいる――硬い殻に覆われた生物……見たことあります？」

「ああ、貝ですか。初めて食べましたが、こんなに美味しいとは思いませんでした」

カニはどうなんだろうなぁ？　甲殻類は、この世界では食べるのかな？　言わない方がいいか……元世界でも、鱗やヒレのない生物は食べちゃダメって宗教もあったしなぁ。

プリムラさんは、カレーにパンを浸して食べている。この世界のパンは固いので、こういった食べ方が普通だ。

「香辛料が安くなれば、こういった料理も流行るんですけどね」

「徒党を組んで値段を釣り上げれば、結局市場が狭くなって、儲けの機会を失っていると私は思うのですが……」

これは、バコパというスパイスシンジケートのことを暗に批判しているのだ。

「この冷たい野菜のスープも美味しいです」

「それは飲み物なんですが、果汁も入っているんですよ」

「野菜と果物だけで、こんなに美味しいスープになるなんて——本当に変わった食べ物が多いです」

夕飯を食い終わると、風呂に仕掛けた温度センサーが適温を教えてくれる。

「何の音ですか？」

「お湯が沸いたんですよ。本当にお風呂に入るんですか？」

「もちろんです」

アイテムＢＯＸから、ＬＥＤランタンを出して外へ行く。

「そ、それは魔法のランプでしょうか？」

「まぁ、そんな感じのものです」

「……」

プリムラさんが何か考えている。ヤバい品物を売ってくれとせがまれると困るなぁ。しかし、せっかく森の中まで来てくれたのに、もてなさないのもどうなのよ？　いや、プリムラさんは聡明な人だ。きっと分かってくれる——人はそれを希望的観測と言うが。

風呂場を囲っている板にランタンを掛けて、板で湯をかき混ぜる——いい湯加減だ。

「ここに水が入っているので、温度を調節してください。お湯を使う時は、この手桶で」

俺が水の入ったポリタンクを指さして、実際にレバーを倒して水を出して見せる。

「この容器も非売品なんですよね？」

「もちろんです。それでは私は家にいますので、何かあれば呼んでください。ここに石鹸を置いておきますので」

「あ、あの！　ちょっと……」

「何でしょう？」

「1人だと怖いのですが……」

「それじゃ、この板の陰にいますので」

彼女はそれでも心配そうな顔をしているが、裸になるのを凝視するわけにもいくまい。いや凝視する必要もないのだが。見ていいというなら見るだろ。だって男の子だもん。

シュルシュルと衣擦れの音が暗い森の中に溶け込む。本当に静かなので音がよく聞こえる。

静かな場面でシーンという言葉を使ったのは、かの漫画の神様らしいが、本当にシーンという言葉が当てはまる。風でもあれば、枝が擦れ合う音が森中に響くのだが。

「あの、ケンイチさん、いらっしゃいますか？」

プリムラさんは、まるで夜中に1人でトイレに行けない女の子のようだ。

「はい、いますよ～。お湯に入る時は、浮かんだ板を踏みながら入ってください。底は熱いですから」

「分かりました」

板越しに、チャプチャプと水に浸かる音が聞こえてくる。

「大丈夫ですか？　入れそうですか？」

「だ、大丈夫です」

なんとか風呂に入れたようだ。

「あ、あの！」

「何でしょう？」

「お風呂に入っているので、こちらへ顔を出していただけませんか？」

「いいのですか？」

「はい」

いいというのだからいいのだろう。今さら、女の裸にどぎまぎする年でもないからな。

風呂の前へ行くと、プリムラさんが肩までお湯に浸かっていた。

「湯加減はいかがでしょう」

「とてもいいです。こんなに簡単にお風呂に入れるなんて……」

貴族式の風呂だと石で風呂を作って、ボイラーを作って、配管を作って――と大変なことになり、最低でも数千万円は掛かるらしい。

彼女の顔は真っ赤だが、お湯で赤いのか、恥ずかしくて赤いのか、それとも両方か。

「恥ずかしいのなら陰に隠れていますが」

「いいえ、ここにいてくれないと……」

「そんなに怖いのなら、次の機会にするとか、ほかの選択もあったでしょう」

「いいえ、商売というのは機会を逃すと一生巡り合えないこともありますから」

元世界には一期一会っていう言葉があったが、この世界にはあるんだろうか？

「しかしなぁ――良家のお嬢さんが見ず知らずの男の前で裸になるとは、いかがなものなんでしょうかねぇ」

ちょっと嫌味っぽい言い方だが、プリムラさんの強引さも気になる。それだけ俺の持っている商品が魅力的なのかもしれないが。

「マロウ家は成り上がりの商人で、良家でもなんでもありませんわ。それにケンイチさんも見ず知らずではありませんし」

彼女にアイテムBOXから出したタオルを渡すと、気持ちよさそうに首の周りをふいている。

「私が悪人だったらどうします？」

「獣人を助けて、森猫を助けるような方が悪人だとは思いません。普通は怪我をした森猫を見つけたら止《とど》めをさして、ギルドへ持ち込むでしょう？」

「そりゃ、そうだ」

ミャレーからいろいろと聞いたようだな。彼女が身体を洗うというので、再び板の陰に隠れる。髪も洗っているようだ。石鹸で髪を洗うとゴワゴワするんだよなぁ。

「プリムラさん。髪の毛を洗ったら、この薬品を髪に付けて、少し経ってからお湯で流してください」

アイテムBOXから、リンスのボトルを渡す。

「どうやって出すのでしょう？」

「ああ、頭を押すと出ますよ」

「……出ました！」

彼女が喜んでいるような声が聞こえてくる。

さて、シャングリ・ラを開いて、新しいバスタオルとバスローブを買うか。それと髪を乾かすためのジェットヒーターを準備する。獣人のミャレーの毛皮を乾かす時に使ったものだ。これなら彼女の長い髪もすぐに乾くだろう。

プリムラさんがお湯から出る音が聞こえたので、準備したものを渡す。

「プリムラさん。ふき布とローブです。汗が引くまでそれを着てください」

「まぁ、この手触り！　これも非売品なのですか？」

タオルの手触りが気に入ったようだ。ミャレーは全く気にしなかったのだが、さすが商人といったところか。

「う〜ん、それは若干数なら卸してもよろしいかと。ローブを着ましたか？」

「はい」

金色の髪を濡らし、白いローブから赤く染まった白い肌がチラリと露出している彼女は、まるで森の中の妖精だ。彼女の前にジェットヒーターを出して点火すると、ゴウゴウという音と共に温風が吹き出す。

「これで、髪を乾かしてください」

「こ、これは魔法ですか？」

「プリムラさんが私を信用してくださるから、私も秘密の魔道具を見せているのです。全て、他言無用に願いますよ」

「分かっております」

黙って髪の毛を乾かしている彼女だが、何かを考えているようだ。おそらくは俺の持っている数多くの未知のアイテムについてだろう。プリムラさんのことを信用してはいるが、それが崩れるようなことがあれば、ここから撤退することも考えなくてはいけない。俺は今の暮らしが気に入っているので、そうならないようにと願うのだが。

家の中に入り、ベッドの縁に座る彼女にフルーツ牛乳を差し出す。

「甘くて美味しい……そして、ほのかな酸味、これは？　牛乳ですよね？」

「牛乳を果実の汁で割ったものですよ」

「こんなものまで――それに私の髪の毛がサラサラに……。いつも石鹸で髪の毛を洗うと、ゴワゴワになってしまうのですが」

「髪に付ける薬品をお渡ししましたでしょ？」

「あれのお陰ですか……」

彼女は、フルーツ牛乳が入ったカップを握りしめて何か言おうとしている。

「これだけの商品があれば、ダリア――いえ、この国一の商人になれるのでは」

「ああ、私はそんなことは望んでいません。静かに暮らして、美味い飯が食えるだけの稼ぎがあればいいのです」

「……」

「私の趣味をお見せしましょう」

俺は、アイテムＢＯＸからスケッチブックを取り出すと、プリムラさんに広げて見せた。

「これは、ケンイチさんがお描きに？」

「ええ、こういうものを静かに描いたり、いろんな物を作るのが趣味なんですよ。それに必要な分の稼ぎがあればいいわけでして」

「宮廷画家になれるのでは？」

「はは、まさか」

いい機会なので、ローブを着たプリムラさんの姿をクロッキーさせていただく。

沈黙する２人の間に鉛筆が紙を擦る音がしばらく響いたあと、でき上がった作品を彼女に見せると驚いたような表情を見せる。

「これを、いただいてもよろしいですか？」

「もちろん、どうぞ」

彼女はスケッチブックを胸に抱きしめている。

それを横目に見ながら、俺はシャングリ・ラから安いパイプベッドを取り寄せた。ベッドが

9000円で、シングルのマットが2700円だ。

プリムラさんには新品の寝間着を用意した。上からすっぽりと被るタイプのワンピースタイプで裾《すそ》にフリルが付いている——色はピンクだ。彼女が着替えている間、俺は後ろを向いていたのだが——横を見ると、森猫が何か言いたげにじ〜っと俺を見つめている。

「今日はもう寝ましょう」

ランタンに手を掛けた俺に、プリムラさんがうなずく。

今はおそらく8時頃だが、この世界は灯油も蝋燭も高いので、暗くなったら寝て、明るくなったら起きる。夜更かししているのは金持ちだけだ。

「おやすみ」

「おやすみなさい」

暗くなった部屋——ベッドの上で、俺はシャングリ・ラについて考えていた。

こいつには、かなり大きな問題点がある。

シャングリ・ラに入金する金額が莫大になったらどうなるか？　サイトの取引に制限がないとすれば、それは金を無限に吸い込むブラックホールだ。金さえ入れればすごい物がじゃんじゃん買える。王族などに取り入れば、数十億数百億の取引も可能になるだろう。

だが、ブラックホールに入れた金は戻って来ない。いずれは国の金《きん》が底を突く。そうなれば、国を襲うのは経済の破綻だ。俺は国を滅ぼした張本人としての責を負うだろう。それとも次々と国を滅ぼしながら逃亡生活をするか——。

それ故、個人的に使う程度の金額しか取引ができないのである。

この世界にある無価値な何かで、シャングリ・ラから金を吐き出させるか、チャージが可能になれば、それを防げるのだが……。何か上手い方法を考えなければ。

◆◇◆◇◆

——重い……助けてくれ……暗闇の中で、身体を押し付けられている。

ってマジで重いんだけど！　俺は暗い中で目を覚ました。すると目の前には森猫の顔が……。

「なんだ、お前かよ。重いんだけど」

「にゃぁ」

そう言うと、俺の顔に右手を乗せてくる。いや右手じゃないか、右前脚だ。

「なんだなんだ」

俺が身体を起こすと、彼女はベッドから降りて、ドアの前に座ってこちらを向いている。どうやら外に出たいらしい。

「分かった分かった」

ちょっと肌寒い中、毛布を巻いてドアを開ける。外はまだ暗いが、少し明るくなっているようで、色が黒から青に変わりつつ――。

一面に薄い霧が発生していて遠くの方が白くなり、立ち並ぶ巨木が溶けて消えている。森猫がそのまま霧の中へ消えて行くのを見て、彼女たちの朝は早いことが分かった。

「ふぁぁぁ」

明るくなったら起きるのがこの世界だが、さすがに時間が早い。まだ眠いわ。もうひと眠りすることにしよう。プリムラさんの方を見ても、安らかな寝息を立てている。

しかし俺の行動も、ちょっと迂闊過ぎるかなぁ。日本語が通じるのと、出会った人がいい人ばかりなので、日本の延長のような価値観で付き合ってしまっている。隣店のアマナだって、人がよ過ぎるって言っていたしな。

たまたま出会った人々がいい人ばかりだったので調子に乗ってしまったが、そのうち詐欺や美人局《つつもたせ》などが、やってくるかもしれないな。注意しなければ。勝って兜《かぶと》の緒を締めよ――ちょっと意味が違うか？　ちなみに、ここら辺では――森を抜けるまでは喜ぶな――と言うらしい。

俺はベッドに入ると再び毛布を被った。

明るくなって目を覚ますと、既にプリムラさんは起きていた。

「おはようございます」

「おはようございます」

普通に挨拶を交わす。妙な間はない。いつも通りだ。

ベッドをアイテムＢＯＸへ収納して、テーブルと椅子を出す。

さて朝飯は何にしよう。ミャレーや宿屋のアザレアにも好評だったグラノーラにするか。皿とスプーンを出して、グラノーラと牛乳を用意する。

「これは？」

「牛乳を掛けて食べる物ですよ。いろんな人に食べさせましたが、皆に好評でした」

プリムラさんは早速食べてみるようだ。

「美味しい。これは美味しいですね」

彼女は口に手をあてて、驚いたように目を見開いている。

「乾燥させてありますから、保存食にもなるんですよ」

「これは似たような物を作れるような気がします」

さすが商人の娘だな。常に商売のことを考えるのを欠かさない。

「あの……この寝間着を売っていただきたいのですが」

「気に入りましたか？」

「はい」

金色の髪が、ピンク色の寝間着によく似合う。いや、これだけ美人なら、何を着たって似合うはずだが。昨日洗った髪の毛がサラサラに見えるのは、やはりリンスを使ったせいか？

「必要であれば、少量なら卸すことも可能ですよ」

「いえ、これは私だけのものに……」

そう言って彼女が示した買値は銀貨２枚（10万円）。この手の着物はこのぐらいするそうだ。

そりゃこの世界の着物は全部手織りだからな。そいつの生地はポリエステルだが、プリムラさんは生糸か何かと思っているようだ。


飯を食い終わったので、プリムラさんと一緒にマロウ商会へ行くことにした。

取引先のお嬢さんを１泊させてしまったんだ、一応弁明しておく必要があるだろう。

プリムラさんがいるので自転車は使えない。２人で歩いて街まで向かうが仕方ないな。

街へ入ると乗り合いの馬車に乗る。一応主要な街道にはこの馬車が走っている。乗り降り自由だが料金は小四角銀貨１枚（５０００円）とかなり高い。庶民が気軽に乗れるものではない。

マロウ邸では、マロウさんが玄関で待ち構えていた。

「どこへ行っていたんだ。連絡もなしに」

「城壁の外にいたのですが、帰れなくなってしまったので、ケンイチさんの家へ泊めていただきました」

「大切な取引先のお嬢さんを野宿させるわけにもいかず、やむを得ず私の所でお泊めいたしました」

「これは、娘が大変ご迷惑を……」

あれ？　怒られたり抗議されたりするかと思っていたが……。彼女と俺の年が離れているので心配していないのか――それとも、それだけ信用してもらっているのか。

「一体、誰に似たのか……」

「お父様に決まっているではありませんか。いい商売があると聞けば、矢の降り注ぐ戦場や、魔物が跋扈《ばっこ》する森もお構いなし、ではありませんでしたか？」

「はぁ……」

マロウさんは、プリムラさんのお転婆ぶりに手を焼いているようだな。父親としては、娘に商人として国中を渡り歩くより、落ち着いて家庭に入ってほしいに違いない。そりゃ、こんなかわいい娘を危険な目にはあわせたくないわなぁ。俺だってそう思う。

「その甲斐があって、いい商品を仕入れることができましたよ」

「困った娘だ」

マロウさんの書斎へ通されて、商売の話になる。机の上に、バスタオルやバスローブ、プリムラさんが買った物とは別デザインの寝間着が置かれている。

「ほう、これは変わった布だ。湯浴みの際のふき布や、風呂上がりに着るものですか」

「吸水性に優れていて、肌触りもいいいと思います」

既にデカい買い物を全て済ませて家まで建てた。あとはスローライフをするだけのメシ代を稼ぐだけでいいのだ。ベッドの中で考えていたシャングリ・ラのブラックホール問題もある。これからは少々取引を控えるつもりだ。

「こんなものもあるのですよ」

俺はシャングリ・ラから、向こうが透けて見えるピンクのセクシー系の寝間着を取り寄せた。

俺が広げた物を見たマロウさんが目を覆う。

「おお、なんと破廉恥《ハレンチ》な……」

「まぁ！」

父親の表情とは対照的に、プリムラさんの目がキラキラと輝く。

「これぞ！——という意中の男性の前でこれを着れば、どんな堅物もイチコロという——」

そう言いかけたのだが、マロウさんの表情を見て、それを引っ込めた。

「申し訳ございません。悪ふざけが過ぎたようです」

「ああ……」

アイテムBOXへ仕舞った透け透けに、プリムラさんが残念そうな表情を見せて手を伸ばす。

少々気まずい雰囲気が漂う中、ドアが開いて、メイドさんが沢山の帳簿を持ってやって来た。

このメイドさんは、俺の露店から洗濯バサミと銀細工を買った女性だ。

「さすが大店ですね。帳簿が山のように」

「帳簿の方式が新しくなりまして、書き換えている最中なのですよ」

「ほう？　どのような方式なのでしょう？」

異世界方式ってあるのかな？　俺は常に丼勘定《どんぶりかんじょう》だからな。シャングリ・ラの残金と、アイテムBOXに入っている硬貨の数でしか見ていないし。

「これは最近、帝国で発明された、複式簿記というものでして。大変な優れものですよ」

「え？　複式簿記ですか？」

「ご存じで？」

「いやぁ、名前だけは……」

マロウさんの話では、帝国のとある地方の商業都市で、そこのギルド長が発明したらしい。

あっという間に帝国中に広がり、発明したギルド長はその実績により、次期の商業大臣に推される可能性が高いという。しかし複式簿記か。偶然なのか――それとも……。

「それはそうと、お父様。今日はアレの実験の日ではありませんでしたか?」

「そうだ。品物ができ上がったと職人から連絡があったので、今日の午後に実験をするよ」

「それならばそこで、ケンイチさんが持っている物も一緒に見ていただきたいのですが」

「外でか?」

「はい、大きな物なので」

彼女が言っているのは、ドラム缶風呂のことだろう。

しかし新製品の実験って、何を作ったんだろう?　ちょっと気になる。

「ケンイチさん、よろしいですか?」

「私はいいのですが、新製品の実験に部外者が立ち会ってもよろしいので?」

「ああ、構いませんよ」

商会トップのマロウさんの許しがあるならいいのだろう。

「それならば私は午後に、もう一度お伺いします」

「承知いたしました。それではお待ちしております」

午後まで時間がある。冒険者ギルドへ行って登録をしてこよう。

プリムラさんに場所を聞くと、大通り沿いにあるという。高い料金の馬車にいちいち乗っていられない。30～40分も歩けば到着するのだ。

通りにあったのは、剣と盾の看板が掲げられた石造りの2階建ての建物。なかなかに風格があり、建物の端が蔦《つた》で覆われている。窓にはガラスが入っているので、中も明るい。結構人がいて賑わっているが——そりゃ、この世界のハロワだっていう話だからな。職を求めている人が沢山いるんだろう。取りあえず正面の窓口へ行ってみる。

「いらっしゃいませ。今日はどのようなご用件ですか？」

白いブラウスに赤いベストのお姉さんが対応してくれた。

「登録をお願いしたい」

「はい、承知いたしました。お客様、ほかのギルドへの登録はなされていますか？」

「ああ、商業ギルドへの登録をしています」

「それでは登録料銀貨1枚と、ギルドの証をここへお願いいたします」

どうやら、ギルドの証は共通で使用できるらしい。そりゃ便利だな。また書類とかを書かなくても済む。お姉さんは奥へ引っ込むとすぐに戻ってきた。

「登録が完了いたしました。お仕事の依頼は、あちらの掲示板をご覧ください。また特殊な件は窓口でもお伺いしております」

「ありがとうございました。あの～、依頼とは別に、買い取ってほしい物があるんですが？」

「それなら、一番左端の窓口へどうぞ」

言われるままに一番左端へ行く。

「おう、何を持ってきたんだい？」

そこにいたのは、全身に傷が目立つ口髭を生やした、ごついおっさんだ。なんだか歴戦の冒険者って感じがするな。

「角ウサギを1匹頼む」

「丸ごとかい？」

「肉だけもらえるかな？　そのほかは買い取りで」

俺がアイテムＢＯＸからウサギを出すと、男が驚く。

「アイテムＢＯＸか、久々に見たぜ。まだ温かいじゃねぇか」

男は黒板を見ながら、何やらチェックをしている。予定が入っているのだろう。

「夕方にはできてるから取りに来な」

そう言われて、数字が入った金属製の引換証を渡される。

来たついでに、依頼が貼られている掲示板を見てみる——珍しい薬草採り、探しもの、尋ね人……上段には高額賞金の指名手配犯の似顔絵がある。以前聞いたシャガという野盗の手配書もある。頬に大きなキズがあり、賞金は金貨１００枚（２０００万円）だ。

野盗は50人ほどいるらしいが、ギルドからの賞金プラス国からも褒章金が出るので、全滅させればかなりの金額になるという。

冒険者ギルドを出て、少し早い昼飯を食い、また歩いてマロウ邸まで戻ってきた。

街中でも自転車が使えれば楽なのになぁ。初期の自転車で足で地面を蹴って進むタイプのやつなら、この世界でも作れるかもしれない。

マロウ邸へ赴くと、実験の準備は整っていた。場所はマロウ邸の裏庭の井戸。

そこにあったのは――。

「これは、ガチャポンプ⁉」

俺の言葉にマロウさんが反応した。

「ご存知でしたかな？」

「この棒を上げ下げすると、井戸から、水を汲み上げられるカラクリでございましょう？」

「ほう、さすがケンイチさん、お耳が早い。これも帝国で普及し始めたものなのでございますよ。早速取り寄せて、職人に試作品を作らせたところです」

さすが著作権や特許がない世界だ。すぐにコピーしまくり。

いやしかし、ガチャポンプとはな。昼前の複式簿記もそうだが、偶然にしちゃできすぎだ。

元世界からやって来た奴が俺のほかにもいるのか？　マジかよ。複式簿記を発明して、帝国の商業大臣になるって男がそうなのか？

俺がほかの転移者について考えているうちに実験が始まった。マロウさんがポンプのレバーを上下させると、綺麗な水が滔々《とうとう》と流れ始めた。

「お父様！」

「おおっ！　これはすごい！　すぐに生産をしなくては！」

そのあと、俺の持ってきたドラム缶風呂もマロウさんに見せたのだが、ガチャポンプのあとではインパクトに欠ける。風呂よりこのポンプの方が明らかに売れるだろう。マロウさんの反応もよろしくない。一旦、保留ということになった。

「ケンイチさん、申し訳ございません」

「いえいえプリムラさんのせいではありません。このカラクリの方が絶対に売れますよ」

でも、ちょっと悔しいので、アイテムＢＯＸからスケッチブックを出して、足で蹴って進む自転車の絵を描いてみた。

「プリムラさん、こんな乗り物はどうですか？」

「ほほほ！　これは何ですか？」

「足で地面を蹴って進む乗り物なんですが」

「ほほほほほ！　お父様これを見てください」

プリムラさんは腹を抱えて大爆笑している。よほど、ツボに入ったようだ。

「ん？　ははは！　これは珍妙だ。ケンイチさんは絵もお上手だが、冗談の素質もお持ちとは」

どうも相当に珍妙に見えるらしい。何事もパイオニアは嘲笑の対象になるものだ。この世界で人間は空を飛べると言ったりしたら爆笑されるだろう。

「しかしこれは、走ったりするより速く移動できて、疲れない乗り物になると思いますよ」

「ふぅ――そう言われれば、走るよりは楽そうですなぁ。機会があれば作らせましょう」

機会があればってのは無理かなぁ。プリムラさんはまだ笑っているし。俺のマウンテンバイクを見たら、彼女は何と言うだろうか。

マロウ邸からの帰りに、冒険者ギルドで処理済みのウサギの肉をもらう。毛皮と角は小角銀貨1枚（５０００円）の買い取りだった。肉も食えるし、1日1匹捕れば普通に生活できちゃうよな。

◆◇◆◇◆

――その1カ月後。俺は1台の足蹴り式の自転車を街の中で見かけた。聞けばマロウ商会で売りだしたものだという。

絵に描かれた自転車を笑っていたマロウさんではあったが、数日後その便利さに気が付いて試作品を作らせたという。それを街の中で走らせて、デモンストレーションを行ったようだ。さすが一流の商人、儲けることには鼻が利く。

自転車は2台、3台と数が増え、いつの間にか街で時々見かけるようになった。役所の連絡などにも用いられているようで、元世界のメッセンジャーに近い職業もあるらしい。

これで俺のマウンテンバイクも、あまり怪しまれることはなくなるかな？

そして俺は、アイディア料として金貨5枚（100万円）をゲットした。元世界の特許料に比べれば安いが、ネタに金を払ってくれるだけ良心的だ。

マロウさんは自転車を発明した功労が認められ、領主から表彰を受けて、苗字——家名を許されることになった。もちろん俺のアイディアだということは内緒だ。

◆◇◆◇◆

——それから数カ月後。

街を「ドライジーネ」と呼ばれる足蹴り式の自転車が走り回っているが、俺の生活は変わらない。森の中で、のんびり。シャングリ・ラには動画も電子書籍も山のようにあるから、暇つぶしに困ることもない。しかも、ドンドン新作が更新されているのだ。やっていることは、元世界の田舎で、ネット通販で生活していた頃と全く変化なし。

これで言葉が通じなかったり、シャングリ・ラがなかったりしたら、元世界への郷愁で帰りたくなっただろうと思うが、全くそんな気も皆無だ。

たまに露店を開いてはいるが、しばらくマロウ商会へは訪問していない。マロウさんも井戸ポンプと自転車の販売で忙しそうだしな。

道具屋の爺さんからいいアイテムを売ってもらい、森の散策も捗っている。子機と親機がセットになっている小さな像で、親機を自宅に置いておくと、子機の指が親機の方角を正確に示すという魔道具だ。冒険者には必須のアイテムで、この世界ではメジャーなものらしい。値段は銀貨2枚（10万円）と結構高いが、この性能は買いだろう。

家の畑では順調に野菜が採れる。肉は森猫と獣人たちが獲物を持ってきてくれる。それで俺の所で猫缶パーティを開いて帰って行くのだ。俺はもらった獲物を冒険者ギルドへ持ち込めば、小遣いと肉が手に入る。それだけで十分に生活できるってわけだ。

しかし、こんなに獣人たちと仲がよくなるなら、家の建設を手伝ってもらうんだったぜ。

今日もミャレーが家にやって来て、俺のベッドの上でゴロゴロ……。

ベッドを占領されているので、床の上で俺が胡座をかいていると、上に森猫が乗ってくる。

膝の上にセメント袋を乗せられているようにズシリとくる――いや、重い……。だが黒く短い毛皮を撫でてやると、実に気持ちよさそう。

それならばと、シャングリ・ラで【高級キャットブラシ】ってのを購入する。高級って言うわりには2000円だ。説明では豚の毛ってなっているな。

シュッシュッ――森猫の身体の上をブラシが走る。それに合わせて毛皮がますます艶々になる。ブラッシングってのは結構効き目があるのかもしれない。まるでピカピカに光るビロードのような手触りだ。超高級品の毛皮として取引されるのもうなずける。

森猫のブラッシングをじっと見ていたミャレーが、突然服を脱ぐとやって来た。森猫を押しのけ、代わりに俺の膝の上に滑り込むと、その場所を占領した。

「ウチの背中も撫でてにゃ……」

「はいはい」

ミャレーの背中をブラッシングしてやると、彼女は気持ちよさそうにゴロゴロと喉を鳴らしている。だが、ブラシが尻尾の根本に当たると、ピクピクと反応している。

「そ、そこはダメだにゃ……」

「あ、ごめんごめん、尻尾の所は苦手なのか」

ピクピクと痙攣している丸いお尻をブラッシングして太腿まで撫でると、結構抜け毛が絡んでいる。

「結構、毛が抜けるなぁ」

「だから毎日手入れしないと大変なんだにゃ」

ペットを飼っていると抜け毛がすごいからな。特に季節の替わり目はすごい。

「ふにゃ〜」

潤んだ瞳になったミャレーが仰向きになって白い毛で覆われた腹を出している。今度はお腹を撫でて欲しいらしい。お腹は、さらに細かい毛でフカフカだ。

森猫とミャレーが一緒に俺の身体にスリスリしてくる。全く、服が毛だらけじゃないか。

獣人たちとの交流も多くなった。基本的に素直で気立てのいい奴ばかりなので、付き合いやすい。嘘を付くのも下手なようだしな。彼らは計算ができないので、手間賃を少々もらって取引の立会人になってやることも多くなった。

生活が安定してきたので、ウチの畑で採れる野菜以外は、なるべく市場で買うようにしている。大量に買っても、アイテムＢＯＸへ入れておけば、新鮮なままで料理に使えるからな。

だが品種改良が進んだ元世界の野菜と比べて、こちらのものは味が落ちる。そのほかにも、コーヒーも飲みたいし、コーラも飲みたいし、アイスだって食いたいからな。ついついシャングリ・ラを使ってしまう。

一時期、市場は俺という珍しい存在の噂で持ちきりになっていたが、その噂の主がたまにしか露店を出さなくなって、いつの間にか話題にも上がらなくなったようだ。

人々は——奴は破産した、病気になった、死んだ、引っ越した——などと勝手な憶測をしているようだが、それでいい。たまに露店を開くと——まだ生きてたよ——なんて声がどこからか聞えてくる。

余裕ができたので、マロウ商会との取引も少なくなった。商会へ貴族からの注文は引き続き入っているそうだが、在庫がなくなったということにして断っている。

マロウ商会へ行くことは少なくなったのだが、その代わり、プリムラさんが度々ここを訪れるようになっていた。

「しかし、よかったのですか？　マロウ商会が家名を名乗れるようになったのは、ケンイチさんの絵のお陰ですのに……」

「ああ、そのことでしたら構いませんよ。以前に言った通り、俺は飯を普通に食えるぐらいの稼ぎがあればいいのです。逆に名前を出されると困ってしまいます。ハハハ」

俺の名前を出すと貴族やほかの商人たちが、直接押し寄せてしまうので、マロウ商会としてもそれは避けたいだろう。

「でも……その、あのドライジーネを最初に見た時に、笑ってしまって申し訳ありません」

「いえいえ、それも気にしていませんから。それにしても、マロウさんはさすがです。笑っておられましたが、すぐに試作品を作らせてしまったのですから」

「ええ、でき上がったものを試乗してみて――これはすごいとすぐに気が付きました」

自転車という発明によって家名を受けたということで、家名はドライジーネとなり――プリムラさんの正式名はプリムラ・ネ・ドライジーネになった。

「まぁまぁ、終わったことは、そのぐらいにして、これをどうぞ」

俺は、テーブルの上にあったポテチを彼女に勧めた。

「美味しい！　パリパリしてて、とても香ばしいですね！」

「芋を薄く切って油で揚げたお菓子ですよ」

「帝国では肉を油で揚げた料理が流行っているそうなのですが」

「へぇ、唐揚げみたいだな」

「そうです！　旅の商人は、唐揚げというものだと言ってました」

「ええ？」

唐揚げまで作っているのか……こりゃ決まりだな。だが帝国とやらに俺が行くことはないだろう。彼女のリクエストで、唐揚げを作ることになった。

鶏肉がないので、アイテムBOXに入っていた、角ウサギの肉を使った。シャングリ・ラで買った、市販の唐揚げ粉――ガーリック味を使ってみたが……。

「とても香辛料が効いた、食欲をそそる匂いです」

あれ？　大丈夫そうだな。それじゃ全部この粉で揚げるか。都合20個ほど揚げる。残ったらアイテムBOXへ入れればいい。そうすればいつでも食えるのだ。

お湯が沸いたので、インスタントのパッケージを出してクラムチャウダーを作る。俺が出す変わった品物に、もう彼女は慣れっこだ。

「美味しい！　パリパリしてて噛むと中から肉汁が――それに、この皮に付いた香ばしい匂いが堪らないです」

唐揚げを一口頬張った彼女が叫んだ。

「ウサギの唐揚げも美味いな。獣人たちから肉はもらえるしな。こりゃ定番になりそうだ」

「でも、ケンイチさん。角ウサギには気を付けてくださいね。捕るのが簡単そうに見えるので、怪我をする方が多いですから」

かわいく見えるが、近づくと、死んだふりから突然角で頭突きをしてくるらしい。意外と危険な動物のようだ。

「ケンイチさん、この白いスープはどうやって作るんですか？」

「ええと——これには貝が入ってますが、具はなんでもよく、牛乳と小麦粉で煮た物です」

生クリームとか使ってた気もするが、ここにはないしな。まぁ、シャングリ・ラには料理の本もあるし、彼女が正確に知りたいなら、本を買って調べた方がいいかもな。

でも、この世界にはない食材もあるし、そこら辺はアレンジが必要だろう。

「貴族様の料理で、そんなスープの話を聞いたことがありますが、これかもしれませんね」

「さすが貴族はいい物食ってるんだなぁ」

「ケンイチさんの料理もそれに劣らないと思いますよ」

夕飯も食い終わったが、プリムラさんはまた泊まるつもりなのか——いいのかなぁ……。

父親ぐらい年齢が離れているので、安心しているのかもしれない。彼女と商売談義に花が咲くが、どうも会話の間が持たない。元世界の話ならいくらでもできるのだが、想像もできない異世界の話をしても仕方ないだろう。だが、お伽話《とぎばなし》として聞いてもらえるだろうか？

う〜ん、そうだ。お伽話でいいなら、映画とかどうかな？　オーバーテクノロジーだが、プリムラさんなら大丈夫だろう。俺はＤＶＤのソフトを検索し始めた。俺だけなら、シャングリ・ラで観ればＯＫなのだが、それだと彼女が観ることができない。

ＳＦ映画や現代映画を観せてもしょうがない。この世界に時代背景が近そうで、そんなに違和感がない映画といえば……。う～ん【薔薇○名前】はどうだ？　これなら近いような気がする。もちろん吹き替え版だ。日本語で字幕が出ても彼女には読めないからな。

「いったい何を……」

困惑するプリムラさんを手で制して準備を始める。ＤＶＤプレイヤーとプロジェクター、そしてスクリーンを買って部屋の中にセッティングする。全部で1万6000円ほどだ。電源はモバイルバッテリーを使用する。

プロジェクターの電源を入れて、ＤＶＤプレイヤーの再生ボタンを押すと、ガソリンランタンの灯りを小さくする。プロジェクターとスクリーンの距離を調整していると物語が始まった。

スクリーンの中で人が動き始めると、彼女は驚きの声を上げる。

「あの！　あの窓の中に人がいるんですが」

「違う世界のできごとを魔法を使って覗いているんですよ」

「魔法……」

彼女は言葉少なめに、映像を食い入るように観ている。文化や風習が違うので、俺の解説付きだ。映画は、ある修道院へやって来た修道士が連続怪死事件を追うストーリーだ。

スピーカーから出ている音声も彼女は聞き取れているようだ。――ということは、この世界は本当に日本語互換の言語なんだな。脳内で変換されているだけではないらしい。まぁ、ローマ字モドキの文字を見れば、そうでないことは自明の理なのだが。

映画が終わると、彼女は興奮冷めやらぬ感じでいろいろと質問してくるので、それに答えてやる。俺も歴史などにはあまり詳しくないから、突っ込まれると困るんだが。

「ケンイチさんと話していると、まるで賢者様と話しているみたいです」

「あはは、こんな賢者がいたら困るな」

「そんなことはありません……」

外は既に真っ暗、この世界では寝る時間だ。

「さて、夜もふけたし、そろそろ寝ようか」

「あ、あの……」

「ああ、寝間着を出してあげますので、ちょっと待ってください」

「あ、あの……できれば……以前見せていただいた、透けたものを……」

座ったままのプリムラさんが、モジモジしながらとんでもないことを言い出す。

「え？　あんなものを買っては、お父様に叱られますよ」

「いいんです。私も、もう子供ではありませんし」

「あれを買って勝負を賭けたい意中の方がいらっしゃるんですか？」

「今です……けど」

「え？」

「ちょっと、プリムラさん。そこへお座りなさい」

「……」

「座ってますけど……」

「若い子はもっと自分を大切にしなくてはいけませんよ。こんなおっさんなんかに興味を持っちゃダメ！　もっと輝かしい未来を約束されている、うら若い男性がいるでしょう」

「そんなことはありません。ケンイチさんは素晴らしい方です」

「ああ、嘆かわしい。プリムラさんほどの女性なら、貴族からも引く手数多《あまた》でしょう？」

「確かにそういうお話もいただいておりますけど、商人の娘が正室になれるはずもなく、妾《めかけ》としか見られていません。そんなものが女の幸せとおっしゃるのですか？」

貴族から見れば商人の娘は金づる。商人から見れば貴族は利権への窓口。そこに女の幸せはない。逆に借金で首が回らなくなった貴族の娘が商人に嫁ぐなんてこともあるらしい。

「それなら私の露店に、よく来てくださる騎士様はどうでしょう？」

プリムラさんは少し考えているが、思い当たる人物がいたのだろう。

「……ああ、ノースポール騎士爵様ですね。あの方はいい方ですが……」

「こんなことになって、マロウさんがなんとおっしゃるか」

「父は反対していませんけど」

お父さん、そこは反対してよ！　でも賛成もしていないんだろう。父親から見たら自分とそう変わらない年の男に娘を取られるなんて、かなり複雑なはずだ。

「申し訳ありませんが、それについては保留にしておいてください。あまりに責任が大きすぎて即断できかねます」

「そ、それでは、一緒に寝るだけでも……」

プリムラさんの顔は真っ赤だが、食い下がるなぁ。

「う～ん、寝るだけ。寝るだけですからね」

「はい！」

プリムラさんにピンクの寝間着を出してあげて、一緒に寝ることになってしまった。

何が悲しゅうて、こんなおっさんをご指名なのか。全くもって意味不明。

暗い中、１つのベッドで彼女と２人。

プリムラさんが抱きついてくると、温かい体温が伝わり、漂ってくる何かの香り。石鹸だろうか？　それとも香水のようなものか？　しかし本当にいいのだろうか？

◆◇◆◇◆

——朝、起きる。隣にはプリムラさんがかわいい寝息で寝ているのだが、先に起きてベッドの縁に腰掛けると軽いため息をつく。

「なんで、こんなおっさんがいいんだろうなぁ……」

アイテムBOXからテーブルを出して準備をしていると、プリムラさんが起きてきたので朝食にする。彼女がグラノーラでいいというので——彼女に牛乳とグラノーラを出し、俺はコーヒーだけにする。

食事をしながら、アイテムBOXの話になった。

俺のアイテムBOXの容量の大きさに、マロウさんは気が付いていたようだ。さすがに同じアイテムBOX持ちにはバレていたか。実は、マロウさんのアイテムBOXもそれなりの容量があるのだが、それがバレると悪巧み目的の連中が近寄ってくるので、ずっと隠していたらしい。それ故、俺が容量を隠しているのにも、何となく察しが付いて黙っていてくれたみたいだ。

取引先のマロウさんがいい人でよかった。たまたま本当に運がよかっただけだがな。

食事が終わったので、川の所までプリムラさんを送って家まで戻ってきた。

彼女の話では、買い付けの旅行へ出かけるので、1カ月ほどマロウ邸は留守になるという。彼女も同行するようだ。大店になっても自分で買い付けをこなすのがマロウ流らしい。

「さて、畑でも見るかな……」

畑で草取りを始めたのだが、しばらくして不意に後ろから声を掛けられた。

「もし」

「は？」

振り向くと見覚えのある顔――俺の店によく来てくれる、騎士爵様だった。

だが、いつもと違って立派なプレートアーマーを着込んでいる。フル装備ってやつだ。

「これはこれは騎士爵様。こんな所でお会いするとは」

「貴公は……森の中に怪しい男が住んでいるというので、調べに来たのだが、貴公だったのか」

「ええ……まぁ。しかし森の中に住んではいけないという決まりはないのでございましょう？」

「それはそうだが……よくこんな所に、このような家を建てたな」

彼は俺の建てた家を眺めているが、ちょっと呆れているようにも見える。

「結構、苦労しましたよ」

苦笑いする俺だったが、騎士様は外に並んでいる太陽光パネルに気が付いたようだ。

「あれは？」

「え～と、あの……魔法に関するものなので、申し訳ございませんが、お話しすることはできません」

ヤバい！　やっぱり、あれは目立つよなぁ。だが快適な生活のためには、どうしても電気は必要だし。人がいないような僻地では、街へのアクセスが面倒になるし……。

「魔法？　あのような奇々怪々な物を使うとは――貴公は魔導師なのか？」

「ええ、まぁ……申し訳ございませんが、このことはご内密に……」

俺が、アイテムＢＯＸから金貨を出して、彼に手渡そうとすると手で制された。

「そうだな――貴公が強力な魔法を使う魔導師と分かると、いささか拙いことになるな」

「それ故、人目を避けて、ここで暮らしていたのですが……」

もちろん大嘘だが、人目を避けていたのは本当だ。

「私も貴族の端くれだが――確かに貴族の横暴には目に余るものがある。隠したいという貴公の気持ちも分かる」

彼のような騎士爵というのは一代貴族で、子供に継がせることはできない。役職もなければ治める領地も、もちろんない。

「それでは……」

「まぁ、叶《かな》うならば、1つ願いを聞いてもらいたい」

「何でしょうか？　私にできることならば、なんなりと」

彼は腰にぶら下がっていた短剣を取り出した。それは俺が露店で売った、剣鉈を改造したものので、オリジナルと違って大きな鍔《つば》が付けられて戦闘用に改造されていた。

「貴公から買った、この短剣は大変に素晴らしい。願わくばこれと同じ物で大剣が欲しい」

「う～ん、私の所では長物は扱っていないのですが……」

俺は改めて検索してみるが、銃刀法とかで、剣なんてシャングリ・ラでは売っていない。まさかコスプレ用に売っているエクスカリバーの模造刀を渡すわけにもいくまい。

だがナイフを検索していて、いい物を見つけた。

「それでは、こういたしましょう。私は大剣は扱っていないのですが、鋼材は持ちあわせております。騎士爵様にお渡ししますので、懇意にしている鍛冶に剣を打ってもらうというのは、いかがでしょうか？」

「なるほど――そういう手もあるか」

俺は、シャングリ・ラからナイフ用の鋼材を取り寄せた。1枚7万円だ。これが4枚もあれば、大剣でも何でも作れるだろう。取りあえず1本だけを彼に渡してみる。

「これになりますが」

鋼材を見た騎士爵様の目が煌《きら》めく。

「これはすごい！　まるで刃物で切り出したかのようだ」

ああ、材質じゃなくて、正確な四角さに感動したわけね。

「これを4枚ほど差し上げます。それならば、どんな大剣でも造れましょう」

「ううむ……よし！　その話に乗ったぞ」

「ありがとうございます。ああ、1つだけ注意すべき点が――その鋼材とほかの物を混ぜないでいただきたいのです。性能が落ちますので」

「分かった」

残りの鋼材を3枚渡す。かなり重いが大丈夫だろうか。値段はしめて28万円……痛い出費だが、口止め料としていたし方ない。シャングリ・ラから、40㎝ぐらいの麻でできた巾着袋を買って彼に渡す――1300円だ。

「これに入れてお持ちください」

「これは、かたじけない」

「騎士爵様、この鋼材の出処も、くれぐれもご内密に」

「分かった」

俺はテーブルと椅子をアイテムBOXから出すと、彼を誘った。天気が良いのでこのまま外でもてなすのもいいだろう。

「お急ぎでなければ、少々お話とお飲み物でも」

「そうか――それでは馳走になるか」

「騎士爵様に牛乳ってわけにもいきませんし――まだ昼前ですが、お酒でよろしいですか」

さて、何を出したものか……。迷ったが、シングルモルトウイスキーから、グ◯ンフィディックの12年物２０００円を選んでみた。緑色の瓶が綺麗だ。すぐに【購入】ボタンを押しそうになったのだが、スクリューキャップが拙い。一旦家へ戻り、シャングリ・ラからコルク栓を購入、フタ代わりにして、ラベルもアルコールを吹きかけて慌てて剥がした。

木の盆に乗せて陶器のコップと水、そして酒瓶を一緒に並べて騎士爵様にお出しした。

「異国の酒でございますよ」

「ほう！　これは美しい酒瓶だ」

椅子に座った騎士爵様が、緑色の瓶を覗き込むように見ている。瓶に映った自分の顔を見ているのかもしれない。

「強い酒なので、水で薄めてお飲みください。水は浄化してございますので」

彼は琥珀色の酒を注ぐと、水で割らずにグイッと一口でいった。

「はぁ！　確かに、こいつは強い！　だが美味い！　こんな美味い酒は初めてだ」

「それはよかった。よろしければ、こちらもお持ちください」

「よろしいのか？」

「もちろんでございます」

２０００円で口止めできるなら安いもんだ。男を落とすなら金と酒と女と相場が決まっている。ここで女もいれば最高だが、ここにはいないからな。

「美味い酒をもらって、タダというわけにもいくまい。聞きたいことがあれば答えるぞ」

「はは、お見通しでございましたか――それでは、この国の対外関係はどのような状態なのでしょうか？」

「商人となると、他国のことも気になるか？」

周囲の国については全く分からんからな。街の住民はそういうことは知らないし、商人たちにとっても大切な情報故、聞けるのはせいぜい噂程度だ。やはり、ある程度の地位がなければ正確な情報は入ってこないだろう。

「それは、もちろんでございます。戦が近くなれば、売れるものと、売れないものがはっきりいたします故」

「そうだな――国境沿いで、帝国との小競り合いは続いているが、帝国での内紛問題が解決するまでは、しばらくは問題ないだろう」

「帝国内で揉めごとでございますか？」

グラスに口を付けている彼の目が光る。

「ああ、皇帝と第1皇太女が権力闘争の真っ最中だ」

「皇帝と皇太女って――実の親子なのですよねぇ？」

「その通り、正真正銘の母と娘だ。だが皇帝は溺愛している第2皇太女にあとを継がせたいようでな。第1皇太女を暗殺しようとして失敗。それから確執が決定的になった」

うわぁ、実の母娘で殺し合いかよ。ドン引きだわ。

「それでは問題は長引きそうですか？」

「いや、そうでもない。第1皇太女側が独自魔法《ユニーク》を持った強力な魔導師を手に入れてな。戦力が逆転しそうなのだ」

独自魔法ってのは、普通の魔力を使う魔法と全く異なるもので、対価が必要なく、際限なく使えるのが特徴らしい。それじゃ俺が使ってるシャングリ・ラも独自魔法ってことになるのか？　自分では魔法を使っているって感じはしないけどな。

「地方の商業都市の大貴族、アインシュテュルツェンデノイバウテン公爵家が、皇太女側に付いたという情報もある」

アイン……？　何だって？

「その独自魔法というのは、どのようなものなのでしょうか？」

「なんとかという、黄色いものを大量に作り出して、辺りを埋め尽くすらしい」

「黄色いもの？　何ですか？」

「なんといったか――マヨ……マヨ」

「もしかして、マヨネーズ？」

「そう、それだ！」

なんだそりゃ⁉　マヨネーズを作る能力？　そんなのありか？

「そして、それから大量の油を生み出す能力もあるらしい。魔物の群れを大量の油の海に沈めて、焼き殺したという逸話もある」

「それは恐ろしいですね」

「全くだ。その魔導師が我が国との戦に参戦すれば、拙いことになるのは必至だ。何せそいつはドラゴンも倒したという話だからな」

彼はグラスの酒を飲み干した。

「ドラゴン⁉」

マヨネーズなんて何の冗談かと思ったが、大量にあると武器としても利用できるってわけか。だが間違いないな――そいつが例の転移者だ。しかし戦は勘弁して欲しいわ。そうならないように願うしかないが……。

「あの――帝国の正式名称は何というのでしょう？」

「んん？」

「私は、僻地の田舎にいたものですから……」

「ディライヒフォムメートヒェンだ《少女帝国》」

騎士爵様の話によると――女帝が即位すると神器を使って、少女の姿となりて国を統治する習わしがある国家らしい。それで、少女帝国かよ。どこの中2病国家だ。

ウイスキーを2杯ほど飲んだ騎士爵様は上機嫌で帰っていった。

ここへ来た理由も、森に住んでいるのが野盗の類だと拙いので、確認しに来ただけらしい。

それならば――森にいたのは俺の知り合いで変わり者のおっさんでした――と彼に報告してもらえば、多分、大丈夫だろう。

5章　プリムラさん奪還作戦！

――それから1カ月後。

マロウ商会のキャラバンが帰ってくる頃だ。野盗に備え完全武装の護衛を連れたキャラバンらしい。それなら顔出しをしておこう。何か変わった商品があるなら見てみたいし。

昼前に、いつもように街へ行く――だが様子がおかしい。人々がざわついているようだ。

通行人に話を聞くと、マロウ商会のキャラバンが野盗に襲われたらしい。

今、冒険者ギルドにマロウさんが来ているという。

マロウさんは無事だったか。俺は急いで大通りにある冒険者ギルドへ向かった。

「娘を！　娘を助けてくれ！　誰でもいい！　金は出す！」

冒険者ギルドの前で必死に叫んでいる初老の男性。草色の服がボロボロになって汚れているが――マロウさんだ。

「マロウさん！　ご無事でしたか！」

「おおっ！　ケンイチさん！　私は無事でしたが、娘が！　娘がぁ！」

何だってぇぇぇ!?

野盗の奇襲を受け、散り散りになってしまった時、プリムラさんが逃げ遅れたらしい。

最愛の一人娘を残しては行けないと引き返そうとするマロウさんを、護衛の連中が引きずって街へ戻ってきたようだ。キャラバンとしては依頼主を守るために、そうするしかなかったのだろう。

生き残ったのは、マロウさんと護衛が2人だけ。マロウさんは冒険者ギルドへ討伐の依頼を出しに来たらしいが……。

「娘を助けてくれ！　金ならいくらでも出す！」

渾身の力を込めて叫ぶが、通りの人々も、冒険者ギルドから出てきた人々も、反応はイマイチだ。キャラバンを襲ったのは前に冒険者ギルドで手配書を見たシャガという札付きの野盗。アナマもヤバい野盗がいるって言ってたな。そいつらの略奪を受けた村は1つや2つではないらしい。

しかし、野盗に捕まっているプリムラさんのことを考えた俺は、叫んでいた。

「マロウさん！　俺が何とかする！」

気が付くとそう叫んでいた。無茶かもしれない——いや、無茶だろう。

人々は、この男は一体何を言っているんだ？　という顔をしている。俺は戦闘なんてやったことがないタダの素人だ。素人に何ができる？　皆がそう考えているに違いない。

「しかし、どうやって……」

俺の言葉を聞いたマロウさんも、にわかに信じられないという顔をしている。

彼にしてみれば、娘を助け出すため、わらにもすがりたい思いだろうが、俺はそのわらにもなっていないということか。だが、お姫様が拐《さら》われたら、助けに行くのが勇者の務め、ここで何もしなかったら、俺は絶対に後悔するだろう。

異世界に巣食う外道を叩いて砕く、俺がやらねば誰がやる。

本当に何の力もないのに言っているのであれば、ラ・マンチャの男ならぬタダの道化だが、今の俺にはシャングリ・ラがある。何とかできるかもしれない。

「マロウさん、支度金が必要です。後で埋め合わせをしますので都合してください」

「それなら、この金を使ってください！　娘を助け出すためなら、金に糸目はつけません！」

彼が差し出したのは、金貨が大量に入った袋。受け取ってシャングリ・ラにチャージをすると、都合、金貨50枚（1000万円）あった。

野盗のアジトは30リーグ（約50㎞）ほど離れた森の中にあるという。まずは戦力を奴らのアジト近くまで運ぶ脚が必要だろう。馬か、いやシャングリ・ラで乗り物を探せばいい。もう、ヤケクソだ——俺は、シャングリ・ラを検索した。取りあえず荒れ地で運ぶなら4WDのトラックだろう。俗にいう4トン車なら、20～30人は運べるはずだ。

「よし、これか」

目当ての物を探し当てると、周りの人々に注意を促《うなが》した。

「これから俺の召喚魔法を使う！　デカいものが召喚されるので、場所を開けてくれ！」

「召喚魔法だって？」

「あいつは魔導師だったのか？」

「ケンイチさん、一体何を――」

「マロウさん、本当に召喚しますので注意してください。やって来い来い！　M菱　キ◯ンターワイド ロング ディーゼル４ＷＤ２１０万円！」

俺はシャングリ・ラの【購入】ボタンを押した。

空中から４トントラックが出現して地面へ落下。フレームとサスペンションが軋む大きな音を立てて着地――バウンドした。

「うぁああ！」

「なんじゃこりゃ！」

突然出現した巨大な鉄の化物に、人々は逃げ惑う。

「大丈夫だ！　これは俺の言うことしか聞かない、馬なしで動く鉄の車だ」

「う、馬なしで動くだって？」

逃げ遅れて尻もちをついている男が車を見上げて呟く。

17万km走っている中古車だが、トラックで10万kmなんて慣らし運転の範疇。20万km過ぎてからアタリが出て本調子になるぐらいだ。ドアを開けて運転席へ乗り込む。俺の免許なら中型まで乗れるし、トラックの運転もできる。まぁ異世界で免許なんて関係ないけどな。異世界でトラックに乗るとは思わなかった。

キーを捻り、ディーゼルエンジンを始動させると、ちょっと派手目にエンジンを吹かす。轟《とどろ》くエンジン音が怪物の咆哮に聞こえたのか、人々は後ろに下がり始めた。1速に入れると、クラッチを繋ぐ――すると、唸りを上げて鉄の塊はするすると前に進んだ。

「おおっ！」

「ホントに馬なしで動いてるぜ！」

「魔法か？」

人々の驚く声を聞きながら、バックで元の場所へ戻ってきた。

俺はトラックから降りると、荷台に上がって皆に向かって叫んだ。

「こいつで野盗のアジトまで一緒に戦う奴を運んでやる。あと、武器と盾も供給するぞ！　これは一攫千金の好機だぞ！」

皆がざわざわと話をしているが、名乗りを上げる奴はいない。

だが聞き覚えのある声が聞こえて来た。

「どんな武器だにゃ⁉」

尻尾を振りながら、トラックの荷台にいる俺を見上げている獣人の女。

「ミャレーか。そういえば、お前は弓が得意だと言っていたな」

シャングリ・ラから75ポンドという一番強いコンパウンドボウを購入する。

コンパウンド式ってのは、滑車を使った複合式の弓だ。フレームにカーボンを使っているし、完全にオーバーテクノロジーの代物だが、非常事態だからやむを得ない。75ポンドともなると男でも引くのが大変だが、獣人はパワーがある。彼女でも十分に引けるだろう。

「にゃ！　にゃんだこれ⁉　こんなすごい弓は見たことがないにゃ！」

コンパウンドボウを俺から受け取った彼女は目を皿にしているが、早速カーボンの矢を番《つが》えてみせる。

「威力はすごいけど、引くのに時間がかかるので、連射には向かないから注意してくれ」

「わかったにゃ」

「俺っちたちも武器は、もらえるんで？」

いつも俺の家で飯を食っていた獣人の男3人組だ。リーダーのニャケロが1歩前に踏み出してきた。俺が彼らに手渡したのは、アルミボディのコンパウンド式のクロスボウ——値段は5

万5000円だ。上部には光学式のサイトが装着されている。普通の人間は先端に付いている輪を足で踏んで両手で引き上げるが、獣人たちは軽々と片手で引いた。

「この弩弓《どきゅう》の上に付いている丸い筒は？」

「それを覗いて十字に標的を捉えれば、そこへ矢が飛んで行く。もちろん、矢は山なりに飛ぶので、距離によって調節しなければならないが」

彼らが、サイトの覗き込んで叫んだ。

「なんじゃこりゃ！　すごすぎるぜ！　軍隊が持っている弩砲《どほう》よりすげぇ！」

「それなら、らくらく鎧も貫通するかもにゃ」

「ケンイチ、俺は剣が欲しいんだが」

「剣か……あまり大型の剣はないんだよなぁ」

だが、そんなことは言ってられない。再度シャングリ・ラで検索してみると、大型のマチェットを見つけた。商品名はカットラスとなっているな。海賊映画で悪玉の船長が持っているようなやつだろう。一緒に全長1mのバトルアックスを購入してみた。3本とも1万円前後の代物だ。バトルアックスは刃の反対側がピック状になっていて鋭く尖っている。これで殴られれば薄い鎧はたやすく貫通するだろう。

「俺が持っている在庫では、これしかないな。ダメなら街の武器屋で購入するが……」

「ずいぶんと薄い刃だな。折れちまわねぇか?」

2人の獣人が、マチェットを取って突然斬り合いを始めた。本気でやっているわけではない。軽い模擬戦だが、そのスピードは半端ではなく、剣がぶつかる度に金属音と火花が飛ぶ。

「へへぇ! 薄いから軟《やわ》かと思ったら、折れも曲がりもしねぇ。こいつは気に入ったぜ」

「魔法で強化してあるからな」

もちろん大嘘だ。

「マジかよ」

「それじゃ、俺はこの斧をもらうぜ」

鉄無垢のバトルアックスなので結構な重量があるのだが、獣人の男は片手で楽々と振り回している。こんなの食らったら真っ二つだな――剣呑剣呑。

「おっしゃ! 乗ったぜ! そろそろデカい稼ぎをしようと思ってたところだしよ」

リーダーのニャケロの話にほかの2人もうなづく。もちろんミャレーも。

これで俺を入れて5人か……。

「それでは私も参加させていただくかな」

やってきたのは俺の店のお得意様――騎士爵様だ。

「おお! 騎士爵様が一緒に行ってくれるとは、これは心強い」

「貴公も、やむを得ず魔法を見せてしまったのだろうが、このようなものまで出せるとは」

「もう、ヤケクソですよ」

「それより、我がウルフファングが完成したぞ」

「ウルフファングとは……？」

騎士爵様が、銀色に光る刃渡り1mほどの大剣を掲げる。おそらく俺が提供した鋼材で打たれた剣だろう。

「当然、この剣の名前だ。しかし鍛冶屋の親父も、この鋼材の扱いには相当苦労したらしく泣いていたぞ」

うっとりとした表情で剣を眺める。この人もちょっと変わった人だったようだ。

「何せ普通の鋼鉄とは違いますからね」

「うむ。シャガ狩りとは我がウルフファングの初陣に相応しい。悪人どもの血をたっぷりと吸わせてやることにしよう」

「よろしくお願いします」

これで6人か。騎士爵様が合流してくれたのは、心強い。何があっても彼が証人になってくれる。この世界で公人が一緒にいると、いろいろ捗るのだ。

だが——まだまだ戦力が足りないな。

「ワシも混ぜてもらおうかの」

暗い緑色のローブ姿の白髭の老人がそこにいた。俺が何回かアイテムを買っている道具屋の爺さんだ。

「まさか爺さんも、やろうってんじゃないだろうな。年寄りの冷水だぞ？」

「何を言うか。これでも元冒険者じゃぞ？　ほれ」

爺さんが下から上へと手を動かすと、地面に小さい火柱が立ち、地面を焦がす。

「おお！　爺さん魔導師だったのか？」

「引退した身じゃが。最後に一花咲かせるのも悪くないじゃろ。それに、お前さんが使っている魔法にも興味があるしな」

「魔導師がいれば、戦力としてはかなり強化されるな」

前衛を獣人たちに任せれば、後衛から強力な魔法が使える。ＲＰＧのセオリーだ。

「ほほ、そういうことじゃ」

これで、７人……。

「ちょいと！　あたしを仲間外れなんて酷いじゃないかい！」

そう言って現れたのは、派手な服装にアクセサリーをジャラジャラと鳴らした、ウチの隣店の店主アナマだ。

「何を言ってるんだ、アナマ。戦闘なんだぞ？」

「いくら戦闘だって飯は食うんだろ？　飯の用意ぐらいはできるさ」

「う〜ん、そう言われればそうだな」

「その代わり、危なくなったら、あたしゃ逃げるけどね」

アナマが加わってくれたが、戦力としては期待できない。もう少し戦力が欲しい。

俺はもう一度、荷台に乗ると、聴衆へ向けて叫んだ。

「俺も、戦闘用の召喚獣を使うぞ。超強力な鉄の魔獣だ！　見てろ！」

荷台の上から呪文を唱えた。

「ユ○ボ召喚！」

4トントラックの横に緑色のパワーショベルが出現する。

俺は座席に乗り込むと、エンジンを始動させて、スロットルを全開にした。その場でグルグルと回って見せて、アームを高く掲げると——そのまま地面へ向けて振り下ろす。大音響と共に鋼鉄のバケットが地面へ食い込むと、聴衆は腰を抜かした。

「どうだ！　この鉄の魔獣があれば、野盗の10人や20人は軽く薙《な》ぎ払えるぞ！　もう一度言う、これは一攫千金の好機だ！」

「お前さん、調教師なのか？」

爺さんが驚いた顔をして俺の所へやって来た。

「まぁな」

このデモンストレーションが効いたのか、さらに冒険者８人が名乗りを上げてくれた。

正直、相手が50人の悪党だとすれば、それでもかなり分は悪い。だが馬鹿正直に正面から当たる必要はないのだ。寝込みを襲うなど、奇襲を掛ければチャンスはある——と思う。

コンパウンド式のクロスボウを10台購入して、使いたい奴に配る。マチェットも追加で３本購入した。

「言っておくが、武器は貸すだけだからな。あとで回収するぞ?」

「こんなすごい武器は金じゃ買えねぇ。それも仕方ねぇな」

クロスボウをいじっている冒険者の１人が呟く。申し訳ないが完全にオーバーテクノロジー品だからな。巷に流れると拙い。——ってもう遅いかもしれないが。

冒険者ギルドでシャガ討伐の申し込みをする。職員が驚きの表情で見るが、至って本気だ。

この世界には冒険者のランクは存在しないので、どの依頼を受けてもいい。失敗して死んでも全て自己責任だが、成功すれば、ギルドからの報酬、マロウ商会からの報酬、そして国からの報奨金が合計され、かなりの金額になる。まぁ生きて帰れればの話だが。

「ケンイチさん!　何か隠しごとをしている方だとは思っておりましたが、このような魔法を使えるとは、つゆ知らず……」

「マロウさん、お願いがあります」

「わ、私にできることなら、なんなりと」

一応、鎧やアーマーで検索を掛けてみたが、シャングリ・ラには冒険者の装備としてない物が多い。例えば鎧や防具だ。

マロウさんの知り合いの武器屋を紹介してもらい、足りない武器や防具を揃えてもらう。

マロウ商会の金を使って購入してくれることになったので、冒険者たちもここぞとばかりに装備を新しくしている。俺も一番軽いレーザーアーマーを買った。

もちろん、剣など振ったことがないし、斬り合いに参加するつもりもない。使うならコンパウンドボウか、スリングショットだろう。

「ああ、盾は俺がいい物を持っているので、買わなくてもいいから」

「その盾も、魔法が掛かったすごい奴なんだろ?」

ニャケロが俺に話しかけてくる。

「まぁ、そんなところだ。ここでは出せないので、街から出たら見せてやる」

「へへ、そいつは楽しみだ」

「飯も俺が用意するから心配するな。全部アイテムＢＯＸに入っているから美味いものが食えるぞ」

「ひょ～！　そいつは楽しみだぜ」

冒険者の一人が、表情をほころばせる。

「旦那の飯は美味いからなぁ」

「にゃ～！」

「遠征だと不味い飯ばっかりになるからなぁ」

「美味い飯を食うだけで、やる気が違うってもんよ」

運転席に乗り込んで燃料計を見る。軽油があまり入っていないが、50㎞ぐらいならもつだろう。殴り込みの前に食事をすると思うので、その時に追加の燃料を入れるか。

15人の冒険者と1人の女が、4トントラックの荷台に武器などの装備と一緒に乗る。昼が終わる頃、人々に見送られ街の西門を出て、荒野を目指して出発した。中には指差して嘲笑を送る者もいる。たった15人で敵うはずがないというのだ。

だが、男には、ダメだと分かっていても、行かねばならぬ時があるんだよ。

アジトの近くまで行くのに街道を走る。この世界は左側通行である。日本と同じだ。

野盗は街から50㎞ほど離れた森の中、朽ちた古城の跡を本拠地として悪事を働いている。

その数は、およそ50人。人を人と思わない凶悪な奴らが揃っているらしい。

捕まったプリムラさんは一体どうなっているのか？　ハンドルを握りつつ、そんなことをつい考えてしまうのだが——止めよう。今は彼女を助けることだけを考えるのだ。

助手席に乗るアナマが言う。

「しかし本当に馬なしで、こんな速さで走れるなんて驚きだよ！　魔法ってすごいんだね！　乗り心地もいいしさ。馬車でこんなスピードを出したら大変なことになるよ」

そりゃ、ゴムタイヤでもなくろくなサスペンションもない馬車では、荒れ地での乗り心地は最悪だろう。アナマはこの車を魔法だと信じている。荷台に乗っている男たちも同じだ。俺としてもそう思っていてくれる方が助かる。だって説明のしようがない。

しばらく街道を進み、道から外れて荒野の中へと進路を変える。敵のアジトがある森はこの向こうだ。結構凸凹の道だが、４ＷＤのトラックにしてみればなんてことはない。凸凹の荒れ地じゃケツが痛いだろうと、大きなクッションを買って、尻に敷いてもらっている。

１時間ほどで残り10㎞の地点まで来たので一旦停止。ここに中継基地を作ることにして、飯の準備をしつつ、今後の作戦を練ることになった。

「こんなに早く着いちまったぜ！」

「全く、こりゃすげぇもんだ。それに馬車より乗り心地がいいときた」

「これが本当に魔法で動いているのなら世界が変わるのじゃが……」

魔導師の爺さんは、これが魔法じゃないと気が付いているようだが――。

「爺さん、こいつは油を食うんだ、大量にな。1回動かす度に大瓶1つぐらいの油を食う」

「何じゃと！　それでは油代だけで破産するわい」

「ハハ、そうそう都合のいい物はないってことだよ」

取りあえず腹が減っては戦はできぬ。飯の準備をする。まずはスープだな。

こういう時こそシャングリ・ラで検索だ。スープ、スープっと。トマトのポタージュなんて甘酸っぱくて美味そうだぞ。ちょっと多めに10Lほど作ればいいだろうか。

シャングリ・ラを検索してデカい鍋を探している間に、アイテムBOXから薪を出して火を起こしてもらう。火起こしは爺さんが魔法でやるというので任せた。コンクリートブロックをアイテムBOXから出してカマドを作り、買ったばかりの大型の圧力鍋を載せる。

インスタントに圧力鍋は必要ないが、ほかの料理でも使えるからな。

「これはまた見事な鍋じゃのう」

「爺さん、これは非売品だからな」

「そりゃ残念」

アナマと暇な奴にスープの素を大量に開けてもらう。俺は、カセットコンロに中華鍋を出して、肉を大量に炒める。アイテムＢＯＸに入っていた角ウサギの肉も使ってしまう。スープの素だけじゃ味気ないし、やはり肉を食わないと力が出ないだろう。

「相変わらず旦那は手馴れてるねぇ。男でその手際は拙いんじゃないのかい？」

「こんなに大量に作ったのは初めてだが、この年まで独身なら、このぐらいはできるぞ」

「それは自慢できることなのかい？」

この世界では12～13歳で働き出して、早ければ15歳ぐらいで結婚してしまう。俺ぐらいの年まで独身でいるのは、問題があると思われても仕方ないようだ。

「俺の故郷ではな、この年まで独身なら誰でも魔法使いになれるって言うくらいだ」

「それで、魔法使いになれたのかい？」

「違うけどな」

「もう、旦那の話はどこまで本当なのか……」

俺のテキトーな話に、アナマが呆れ返っているうちに、トマトのポタージュが完成した。

「おおお――いい匂いがしてきたぜぇ」

昼飯なしでやって来たから、みんな腹が減っているだろう。

シャングリ・ラで無地の皿とスプーンを人数分用意して、お玉杓子で取り分ける。パンもシャングリ・ラで買ったものを山盛りだ。スープもパンも余ったらアイテムＢＯＸに入れればいいのだから遠慮することはない。もし、この戦いで俺が死んだら中の物は永久に失われれるか、このサービスをやっている所に回収されて終了なんだろうな。

「うめぇぇぇ！　真っ赤だけど、こりゃ野菜のスープか？　甘酸っぱくて涎《よだれ》が出るぜぇ。肉もタップリだ――んぐんぐ、こりゃウサギだな」

「一口食って分かるとは、そんなに特徴あるかな？　そんなにクセはなかったと思ったが」

「あたりきしゃりきのあたぼうよ！　はっはっはっ」

冒険者の1人がスプーンを天に掲げて叫ぶ。

「旦那の料理はいつもうめぇな」

「そうだにゃ～」

トマトのポタージュはニャケロたちにも好評なようで、パンと一緒にかきこんでいる。物足りなさそうな彼らに、アイテムBOXから猫缶を4つ出して手渡した。

「最初に名乗りを上げてくれて助かったよ。無事に帰れたら、もっとおごるからな」

「ひゃっほう！」

「にゃー！」

獣人たちは大喜びで猫缶をぱくついている――それを見ると俺はいつも複雑な気分になる。

「獣人たちが何やら美味そうな物を食っておるの」

「爺さん、あんたもか？　アレは獣人用の食い物なんだが……」

「そんな物があるのか？　獣人が食えるのなら、わしらだって食えるじゃろ？」

爺さんの催促を断れず、彼にも猫缶を皿に開けてやる。

「む、柔らかくて、こりゃなかなかいける」

マジかよ……それでいいのか？

「あ、そうだ。酒も出さないとな。強い酒は拙いからワインでいいか」

この世界では基本的に飯の時にはワインを飲む。検索をして、【お徳用赤ワインセット12本入り】これにするか――値段は6000円なので、1本500円だ。

「取りあえず12本出した。戦いの前だから、こんなもんでいいだろ？」

陶器製のカップも12個出す。

「おいおい、こんな上等なワインを飯時に出していいのか？」

「まぁ好きなだけ飲んでくれ。でも戦えないのは困るぞ？」

「うむ、確かに上等なワインだな。これは大貴族の屋敷で飲んだものと、そう変わらない」

シャングリ・ラで売っている赤ワインでも、一番安いやつだがなぁ。騎士爵様がそう言うのだから間違いないのだろう。

飯を食い終わり、焚き火を囲んで作戦会議をする。

「やっぱり寝込みを襲うのかい？」

アナマが切り出した。

「そうだなぁ。でも、この鉄の車で突入したら、どのみち奴らが起きてきそうだな。そういえば砦には門とかはあるのか？」

「そりゃ古城を根城に使ってるからなぁ。あるんじゃねぇか？」

ニャケロがそう言うと、ワインの瓶を1口煽《あお》った。

「門があるなら、わしが魔法で何とかしよう」

「爺さん魔法で吹き飛ばしたりできるのか？」

爆裂系の魔法か――爆裂魔法《エクスプロージョン》とかかな？

「まぁ、そんなところだ」

「それじゃ寝込みよりは、酒を飲んでいい気分になっているところをやるか」

「うむ、私もそれに賛成だ。酒が入れば思考力も低下する。統率も乱れるだろう」

「酒や飯を食ってる時なら、防具も付けてないだろうしな」

騎士爵様も賛成してくれたので、それに合わせて作戦が練られることになった。

この世界では大体、夕方暗くなると飯を食いながら酒を飲み始める。酔いがピークになるのは2時間後ぐらいか。まず、ミャレーが斥候《せっこう》として出て、見張りがいれば潰す。夜目《よめ》が利く彼らは偵察や斥候にぴったりだ。それに彼女の身体は黒っぽいから、暗くなったら溶け込み分からなくなるだろう。

俺はミャレーのために、シャングリ・ラから５Ｗのトランシーバーを購入した。

「ミャレーには、これを貸してやる。遠く離れた場所と会話ができる魔道具だ」

「本当に会話できるにゃ⁉」

彼女の耳と尻尾がピン！　と伸びる。電源を入れて使い方を教えてやる。会話するだけならボタンを押すだけだから簡単だ。

「お～い聞こえるか？」

「にゃ！　この中から、ケンイチの声が聞こえるにゃ！」

「話す時は、そのポッチを押してな」

「聞こえるにゃ‼」

声がデカい！

ミャレーはトランシーバーを持って全力で走り始めた。かなり遠くまで彼女が駆けて行って、ゴマ粒のようになったところで、再度トランシーバーに向かって話し掛けた。

「お～い！　ミャレー聞こえるか？」

『にゃあ～！　聞こえるにゃ！　すごいにゃ！　何だこれにゃ！』

「魔法だよ魔法」

『魔法かにゃ！　すごいにゃ！』すごいすごいを連発してて会話にならん。

「お前さん、そんなものまで持ってるのか……そんなもの、帝国の魔導師でも持っとらんぞ？」

何を今さら、ディーゼルエンジンのトラックとユ○ボだって持ってないだろ。

「爺さん、見なかったことにしてくれ」

トランシーバーではしゃいでいるミャレーの声を聞いて、大事なことを思い出した。

「そうだ、盾を渡す約束だったな」

俺はシャングリ・ラから、ポリカーボネート製のロングシールドを購入した。暴動鎮圧とかで使われるやつだ。すごく軽くて丈夫――1枚4万円だ。取りあえず5枚ほど購入。

「なんじゃこりゃ！　すげぇ軽いぞ！」

ロングシールドを受け取った冒険者が叫んでいる。

「おおっ！　ペラペラで心配だったが、結構すげぇじゃねぇか！」

ほかの冒険者たちも、ポリカーボネート製の盾の軽さと丈夫さに驚いているようだ。

「これだけの装備があれば悪党どもにも対抗できるだろう？」

「おう！」

冒険者たちは、それぞれに気勢を上げて士気も高い。

アナマはこのキャンプに留まって俺たちの帰りを待つことになった。1日経って俺たちが戻らなければ彼女は街へ戻り、ギルドへ討伐失敗の報告を入れる手はずになっている。

「騎士爵様、盾は？」

「私は必要ないな」

「ケンイチ、俺っちには、もっと小さい盾がないか？　これじゃ動き回るのに邪魔だ」

獣人たちのリクエストに応えて、ロングシールドの半分ぐらいのラウンドシールド——バックラーを1枚1万5000円で4枚購入した。これもポリカーボネート製だ。

「これはどうだ？」

「おほ、こいつは、俺っちにぴったりだぜ」

獣人たちが盾の強度を調べるために殴り合うが、そんな程度で壊れる代物ではない。彼らも透明な盾の性能に驚いているようだ。しかし——戦ってのは全く金が掛かるもんだな。

暗くなってから突入するので、それまで待機する。

改めて装備の確認をして、個人的にエアガン用のレーザーサイトを買った。戦場は暗闇だろうから、クロスボウに装着すれば役に立つかもしれない。近距離ならこいつの赤い光に合わせれば百発百中だろうが、扱い方が面倒なので、冒険者たちには向かないだろう。

「ほう、これは見たことがない金属じゃの」

　爺さんはクロスボウの素材が気になるようだ。そして何か魔法を使おうとしたようだが——

突然、眩《まばゆ》い光が弾けて、辺り一面に輝く破片となって散らばる。

「こりゃ！　イカン！」

「爺さん、何をしたんだ⁉」

「いや、ちょいと簡単な魔法をな……金属や石には魔法の触媒に使える物があるのじゃよ」

「それじゃ——見たことがない金属があったので、試してみたのか？」

「その通りじゃ」

　ボウガンのボディはアルミだ。シャングリ・ラで長さ10㎝のアルミ板を買って渡す。

「爺さん、これはどうだ？」

「どれどれ？」

　手に持って爺さんが魔法を発動すると、目もくらむような眩い光が辺りを照らす。

「おお！　これじゃ！　これをわしにくれ！　これがあれば討伐の褒章なんぞいらんわい」

「本当かよ」

「ああ、こんな金属は見たことがない！」

　爺さんは年甲斐もなく大はしゃぎしている。

「若い頃に、こんな物が手に入っておれば、わしももっと活躍できたのにの」

そんなにすごいのか？　それじゃ、この世界でアルミ製品を売るのは拙いな。材質などに気を付けないと……。

ほかに使えそうな物は……。おお！　これなんかどうだ？　俺がシャングリ・ラから購入したのは爆竹だ。威嚇や混乱に使えるだろう。火を点けるためのターボライターも購入。

「よし！　俺の魔法も、ちょっと見せてやる」

そう言って爆竹に火を点けると、人のいない所へ放り投げた。けたたましい連発音が轟き、紙の破片が飛び散って舞う。

「ふぎゃ～っ！」

ミャレーが毛を逆立てて逃げ始め、ほかの冒険者たちも尻もちをついている。

辺りに白い煙と火薬の臭いが立ち込める。

「畜生！　びっくりしたぜ」

「ははは！　これに殺傷能力はないが、威嚇に使えるだろう」

「確かに威力はなさそうじゃが、十分に使えるな」

魔導師の爺さんのお墨付きも出た。顔面近くで破裂すれば威力があるし、耳を塞ぎ行動不能にさせる力もある。

武器といえば草刈り機やチェーンソーも立派な武器になるが――人間相手に使うのはなぁ。

相手が外道ならいいのか？　でも、やはり抵抗がある。

そうそう、トラックの燃料を入れないとな。燃料を作ってタンクには20Ｌほど入れる——これで街へ帰るまで余裕でもつだろう。まぁ無事に帰れればの話だが。


——そして夕方。空が赤く染まる頃、俺たちは行動を開始した。

トラックに皆を乗せて敵の本拠地を目指す。オドメーターで５㎞ほどの地点で森になった。森には古城までの道がある。これだけ場所が判明しているのに、国が何も手を打たないのはイマイチ分からん。

既に森の中は暗い。ヘッドライトを点けずに走行しているので、ノロノロ運転だ。

俺たちの前を、斥候のミャレーがトランシーバーを持って先行している。

「ミャレー、敵はいないか？」

『いないにゃ！』ガタガタ道をハンドル片手にトランシーバーを使ってミャレーと交信する。

彼女もトランシーバーの使い方に慣れて来たようだ。所々に水たまりがあるが、４ＷＤのトラックなら心配はいらない。左右に大きく揺さぶられながらクリアする。

この世界には外の灯りは一切ない。空に光る月と星ぐらいのものだ。元世界と同じく月は１つだが、見慣れた星座が夜空に１つもないのが少々寂しい。

森に入ってから4㎞ほどの地点で一旦停止、エンジンを止めた。

運転席を降りて荷台へ行くと、皆と一緒にミャレーとの通信を聞く。

「ミャレー、どんな感じだ?」

『石の城壁に囲まれて、大きい木の扉が付いているにゃ』

「敵はいそうか?」

『城壁の上に櫓《やぐら》があって、見張りがいるにゃ』

「中に人はいるか?」

『声からすると、沢山いるにゃ』

数が数えられない獣人に具体的な数字は無理だが、かなりの人数がいるらしい。

こりゃ、かなり無謀な作戦になるなぁ。分かりきっていたが、かなりのハードモードだ。

それから、1時間ほどじっと待つ——辺りは完全に真っ暗だ。

「さて、そろそろ行きますか?」

「うむ、頃合いだな」

騎士爵様の合図をもって行動を開始する。この中では若いながら、彼が一番身分が高くて実戦経験も豊富だ。

「旦那、これやっとけ」

獣人から1枚の葉っぱを渡される。

「旦那は戦闘の経験がないから、やったことないだろ？　こうやって噛むんだよ」

そう言うと、ニャケロが葉っぱを噛み始めた。

「こうか？」

葉っぱを咀嚼《そしゃく》すると口の中に青臭い臭いと苦味が広がる。

「なんだ、苦！」

すると次第に口が痺れて来て呂律《ろれつ》が回らなくなる。

「なんらこれ、らいりょうむなのか？」

「ハハ、大丈夫大丈夫、すぐに効いてくるぜ」

何だか狐につままれたようだが、身体に異変が起き始めた。

目の中がパチパチと弾け、光の粒子に満たされる。すると急激に視界が広がり、暗いにもかかわらず色が鮮明に見えるような気がする。

「ハハハハ、なんだこれ！　ハハハ、これってヤバい薬じゃないのか？」

「大丈夫だって。やり過ぎると廃人になるらしいが、よほど馬鹿じゃないと、そこまで行かねえ」

「ハハハ！　やっぱり、ヤバいやつだろ」

何だか分からんが、これから死地へ向かうというのに笑いが止まらん。

「よっしゃ行くか！」

「おう！」

トラックの運転席に乗り込んでエンジンを掛け、トランシーバーでミャレーと通信する。

「ミャレー、行くぞ！」

『分かったにゃ！　見張りを仕留めるにゃ！』

「行くぞォォ！」

ヘッドライトをオンにすると、アクセルを踏み込む。残りの距離は1㎞もない。1～2分もあれば到着する。森の中の細道をトラックで疾走するが、やたら楽しい。後ろの荷台のことなど全く考えていられなくなってしまった。とにかく楽しくて仕方ないのだ。

すぐに石でできた古い砦と大きな木の扉が見えてきた。高さは3ｍほどはあるだろう。俺たちのトラックを見つけて、見張りを片付けたミャレーが荷台へ飛び乗って来た。

「爺さん！　頼むぜ！」

俺は窓から首を出して、爺さんに叫んだ。

「任せてもらおう。『虚ろな異空へと通じる深淵の縁よ、消え逝く魂から我に力を与えよ』」

彼の呪文の紡ぎに合わせて、扉の前に青い光が集まっていく。

「爆裂魔法《エクスプロージョン》！」

青い光が赤い爆炎に姿を変えると、巨大な扉が粉々に吹き飛んだ。辺り一面に破片が散乱し舞い落ちる。同心円上に衝撃波が走り森の草木を揺らすと、爆心地に近い大木が音を立てて地面へ倒れ込んだ。だが勢い余ったのか、石の城壁まで吹き飛んだようだ。

「すげぇぇぇ！　爺さん、すげぇな！」

「ははは、お前さんからもらった金属のお陰だが、ちょっと制御が難しいようじゃな」

「爺さん！　そのすごいのは、もっと撃てるのか？」

「いや今日は、これで打ち止めじゃな」

さすがに、大魔法は何発も撃てないようだ。

「行くぜぇぇぇぇ！」

俺は、アクセルを踏み込むと、まだ残っている爆炎の中へ飛び込んでいく。

ガタガタと破片を乗り越え、煙を通り抜けると広間に出た。広間の数カ所にかがり火が焚かれており、薄っすらだが周りを見渡すことができた——ここに来る前に噛んだ葉っぱのせいなのか、視界がクリアに感じられる。

ブレーキを踏んでハンドルを左に切ると後輪が滑る。大きくドリフトしながらかがり火を跳ね飛ばし、正面の建物に腹を見せるようにトラックは停止した。

俺は運転席から降りると急いで荷台へ飛び乗り、アイテムＢＯＸからクロスボウを取り出した。騒ぎを聞きつけた正面の建物から悪党たちが10人ほど現れる。

俺たちの目論みは的を射ていた。酒を飲んでどんちゃん騒ぎをしていた敵の男たちは、上半身裸のズボンだけの状態で剣を持ち出していたのだ。ポリカーボネートの盾を立てたトラックの荷台からクロスボウが次々と発射され、賊どもを串刺しにしていく。だが、クロスボウの威力はすごいが装填に時間がかかる。次の矢を装填しているうちに、新たな敵が現れた。

「よっしゃー！」

ニャケロをはじめとした獣人たちが、荷台の側板を踏み台にして次々と敵に切り込んだ。袈《け》裟《さ》斬りにて蹴り倒し、刃を水平になぎ払うと、勢い余って敵の首が２つ飛ぶ。

「ははは！　ペラペラな刀なんで心配だったが、とんでもなく切れ味がいいぜ！」

獣人４人で次々と悪党どもを血祭りに上げていくのだが、すごすぎる。獣人たちの戦闘力だけで十分なんじゃないのか？　続いて騎士爵様が飛び降りた。目が据わっている。

「ふふふ、今宵のウルフファングは血に飢えている」

斬りかかってきた敵の剣を下から摺《す》り上げるように受け流すと、くるりと1回転して敵の脇を下から斬り上げた。

「さすが――見事な切れ味だ」

血に塗れた剣をじっと眺めている――目が怖いわ。

いつもは紳士的な騎士爵様だが、実は怖い人なのだろう。今後は気を付けねばなるまい。

取りあえずポリカーボネートの盾を立て、トラックの荷台にいれば死ぬことはない。いよいよダメなら、トラックに飛び乗ってアクセル全開で逃げりゃいい。

正面からの敵の相手をしていると、右手の大きな宿舎からも敵が湧いて出てきた。

俺はアイテムＢＯＸから爆竹を取り出すと、ターボライターで火を点け、新たな敵の正面へ投げつけた。激しい爆裂音が鳴り響き、爆発の閃光に、立ち込める白い煙が照らし出される。

敵は突然のできごとに狼狽《うろた》えて後ずさりを始めた。

「ユ○ボ召喚！」

広場にパワーショベルを出現させて颯爽《さっそう》と乗り込んだ。クロスボウの足元へ置きエンジンを始動させる。ディーゼルエンジンの音に酔いつつ、スロットルを全開――ヘッドライトのスイッチを入れると、眩い光が悪党どもの姿を浮かび上がらせた。

鋼鉄の重機は、キャタピラの音を軋ませながら前進しつつ、アームを伸ばす。

「ははは！　ユ○ボ大回転！」

――重機は俺の掛け声に合わせてグルグルと高速回転を始めた。

鋼鉄のバケットに弾き飛ばされて転がる悪党たち。鋼鉄の重量物がすごいスピードで衝突するのだ、タダでは済まない。さらにアームを３ｍの高さまで振り上げつつ近づくと、一気にそれを振り下ろす。地面に軽々と穴を掘りコンクリを打ち砕くそのパワーを、生身の人間が受けるのだ。鉄の爪が悪党の身体を切り裂き、ひしゃげ、勢い余って下に転がっている男の胴体を真っ２つにした。

再び鎌首をもたげると、生き残った悪党どもに近づいていく。眩い光を発し——ギッコンギッコン、アームを上下させつつ、排土板で死体をかき分けながら迫り来る鋼鉄の異形に、野盗たちはパニックになった。

「ば、ば、ば——化物だぁぁぁ！」

いくら百戦錬磨の悪党どもだろうと、恐怖に駆られては二束三文の価値もない。トラックの荷台から背中に次々に矢を射られ、死んでいく。

「ははは！　ヒヒヒヒ！」

俺は完全に狂っていた。目の前で人が死にまくっている、俺が殺しているのだ。だが、何の抵抗もなく、罪悪感も微塵もない。心の底から湧き上がる陶酔感。今なら矢の雨の中へ飛び込んでも死なないと本気で思った。まさに無敵状態。本当に無敵なはずはないが。

戦いの前に噛んだ葉っぱのせいなのだろう。ひたすらに高揚しかない心の隅に、ちょこんと座っている冷静な俺がそう思う。

残りの野盗が逃げ込んだ木造の宿舎を、振り上げたバケットで破壊する。バリバリと盛大に板が引き裂かれる音がして、壁とドアが木っ端微塵《こっぱみじん》になった。

「きゃぁぁぁぁ！」

中から黄色い叫び声が響く――女か？

「女がいるなら端に隠れてろ！」

「ぎゃぁぁ！」

宿舎を破壊した場所から獣人たちがなだれ込み、生き残った悪党どもを血祭りに上げていく。

「ひぃぃ！」

「助けてくれぇ」

逃げ惑う悪党に思う――何を今さらである。この期《ご》に及んで助けてくれぇ――とか、悪人の矜持《きょうじ》はないのか？　もう一つの宿舎も破壊して残党を掃討した。

「てめぇら！　こいつを見やがれ‼」

突然、大声が広場にコダマした。

正面の建物に備え付けられたデッキの上に片手にたいまつを持った男が立っている。無精髭で長髪、頬には大きなキズがある。おそらくはあいつが、冒険者ギルドに貼ってあった手配書の男――ここの親玉――シャガだ。

男の前には、剣を突きつけられたプリムラさんが立っていた。

「大方、この娘を助け出すために組織された討伐隊だろうが、昨日の今日で、そんな化物を操れるすごい魔導師がやって来るとは思わなかったぜ！」

「プリムラさん！」

「ケンイチさん！」

「この悪党め！　プリムラさんを離せ！」

取りあえず主人公らしいセリフを吐いてみる。

「離せ――と言われて離す悪党がどこにいる！　お前らこそ武器を置かねぇと、この娘の命はねぇぜ！」

こちらも実に悪党らしい悪党のセリフである。

妙に納得してしまったが、そんな場合ではない。どうも薬のせいか悲壮感が全くないのだ。まるでドラマを観ているようで、他人事に感じてしまう。しかし彼女を助けなければ――ということだけは分かる。

突然、シャガがプリムラさんのブラウスに手を掛けると、力任せに大きく引き裂いた。彼女の白く丸い豊かな胸が、冒険者たちの面前に晒《さら》し出される。

「きゃぁぁぁぁ！」

「プリムラさん！　何をするんだーっ！　許さん！」

「ははは！　くそったれ！　こんなことになるなら、貴族の言うことなんぞ無視して、存分にかわいがってやればよかったぜ」

シャガは彼女の頬を舌で舐め始めた。おいおい、今なんかすごいことを言ったような……。

「ううう……」

プリムラさんから嗚咽《おえつ》が漏れる。

「ミャレー聞こえるか？」

俺の声に彼女の耳がこちらを向く。少し離れていても獣人の聴力なら聞き取れるはずだ。

俺はクロスボウからレーザーサイトを取り外し、電源を入れてシャガの身体に照射した。

「敵の親玉の身体の赤い光が見えるか？」

ミャレーの耳がピコピコと動く。

「あの光で奴の目玉を潰す、お前が弓で仕留めろ」

彼女の耳が再びピコピコと反応した。

「いいか～？　せ～の！」

俺はレーザーサイトの赤い光を、シャガの目玉に合わせた。

「あがぁ！　なんだァ⁉　くそったれ！」

シャガが、プリムラさんから手を離すと、目を押さえてしゃがみ込んだ。

「今だ！」

ミャレーが目にも止まらぬスピードで矢を番《つが》えると――放たれた一閃がシャガの頭部を貫通した。無論、即死である。その横にいたシャガの部下たちにも夜目が利く獣人たちのクロスボウから一斉に矢が放たれ、ハリネズミの如く串刺しになった。

暗闇の中、辺りに訪れた沈黙――おそらく、これで野盗は全滅したと思われる。

「やったぜぇぇぇ！」

数分の沈黙の後、獣人たちが吠える。

「ひょおおお！　マジでやっちまうとは！」

「うぉぉ！　これで、大金せしめたぜぇぇ！」

倒れたかがり火が燃え、オレンジ色に染まる広場に冒険者たちの声がコダマした。

「油断するのはまだ早いぞ」

騎士爵様が冒険者たちに注意を促《うなが》す。さすが歴戦の強者。

味方は全員が生きているようだが怪我人もいる。負傷者たちに爺さんが治癒魔法らしきものを使っているが、幸い重症ではないようだ。

「なんだよ爺さん。治癒魔法が使えるんじゃないか」

「そりゃ使えるが、森猫などといった畜生に使うなど言語道断じゃぞ？」

やはり価値観の違いは、いかんともしがたいらしい。会話を聞きながら獣人たちがクルクルと耳を回している。

「取りあえず聞こえてくるのは女の鳴き声だけだ。怪しい音はしねぇ」

獣人たちは耳がいいからな。だが騎士爵様の言う通り、警戒を怠るべきではないだろう。

俺は、プリムラさんに駆け寄った。

「プリムラさん！　大丈夫ですか⁉」

「ケンイチさん！」

彼女が片方の胸をさらけ出したまま俺に抱きついてきた。薬が効いているせいか、そのまま押し倒してしまいそうな衝動に駆られる——落ち着け、落ち着け、俺！

俺は、アイテムＢＯＸから毛布を取り出すと、プリムラさんの肩に掛けた。

「プリムラさん、こいつが野盗たちの親玉——シャガで間違いないですか？」

彼女の近くに倒れている頬に大きなキズがある男を指さす。

「はい。ほかの悪党からも、そう呼ばれてました」

「騎士爵様！　シャガがさっきとんでもないことを言ってましたが……」

「確かに、貴族がどうのこうのと言っていたな……う〜む」

騎士爵様は転がる死体の服で、剣に付いた血糊をふきとっている。

その時、プリムラさんから驚くべき証言が飛び出した。

「その男は——私の拉致を、ある貴族から金で頼まれたと言ってました」

「な、なんだと！　それが事実であれば由々しき事態だ。腐った輩《貴族》が多いと思ってはいたが、そこまでとは……」

大方、街で評判の美人である彼女を拉致、奴隷にでもして弄《もてあそ》ぶつもりだったのだろう。

「騎士爵様にはアジトを捜索していただいて、その証拠の確保をお願いできますか？」

「うむ！　心得た」

騎士爵様以外は貴族のことは分からんからな。せっかく見つけた証拠を見逃してしまうかもしれない。

重機で破壊された宿舎から、女たちが連れ出されてきた。20人ほどが裸で胸と股間を隠しながら恥ずかしそうに歩いている。

「裸で歩かせるなんて可哀想じゃないか」

シャングリ・ラで毛布を人数分購入して女たちに渡す。聞けば、女たちはあちこちの村々から拐われて来たらしい。

「俺たちはダリアからやって来た討伐隊だ。何もしないから心配しなくていい。家に帰りたいなら連れていってやるぞ」

「本当かい⁉」

だが故郷へ帰りたいと申し出た女たちは9人だけ。残りはダリアへ行きたいという。

悪党に拐われた女が故郷へ帰っても、奇異の目で見られる可能性が高いらしい。それならば知り合いのいない所へ行きたいのだろう。親兄弟や亭主を殺されてしまった女も1人で生きていかなければならない。人が多いダリアなら仕事も多いしな。

女たちが身体を洗いたいというので、ＬＥＤランタンで照らしながら、建物の裏手にあるという井戸へ行く。そこには古そうな石造りの井戸があった。

俺は、ＬＥＤランタンを井戸のそばへ置くと、アイテムＢＯＸから石鹸を取り出して彼女たちに貸してやる。

「ほら石鹸だ。好きなだけ使っていいぞ」

まぁ、リンスはいらんだろ——と思ったら、プリムラさんもやってきた。一緒に身体を洗いたいという。それならば、リンスを出すか。

「石鹸で頭を洗ったら、この薬を使え。使い方はこの人が知っている」

タオルとバスタオルがいるな——シャングリ・ラから人数分購入して彼女たちに渡す。

それから女たちの服が必要だろう。プリムラさんの服も破れてしまっているからな。

黒いリボンがついたシンプルな白いブラウスを1着購入して、彼女たちの意見を聞く。

「みな同じものになってしまうが、これでいいか？」

皆がそれでいいという。1枚2000円ほどだな。サイズはMが20着――4万円だ。

それから、スカートだ。この世界でメジャーな紺色のマキシのロングスカートも人数分用意した。女たちが裸になって身体を洗い始めたので俺が退散しようとすると、ミャレーがボロボロの服を着た子供を1人連れてやってきた。

「この子も洗ってにゃ」

髪の毛はボサボサで伸び放題、汚れて顔もよく分からん。

「プリムラさん、この子も一緒に洗ってやってくれませんか？　髪の毛は短く切ってください」

裸になって胸を隠している彼女に鋏《はさみ》を渡す。

「え？　これは何ですか？」

「こうやって髪や紙を切るものですが……」

俺が鋏を持って子供の髪の毛を、少々チョキチョキしてみせた。

「こ、これも商会で売ってもよろしいですか？」

そうか、この世界には鋏がないのか……。こんな状態でも商売のことを忘れないとは、さすが商人の娘だ。興奮状態の彼女が裸で迫ってくるので、目のやり場に困る。

「ちょいとぉ、うら若いお嬢様が裸で男に迫るのは、はしたないんじゃございません？」

「えっ？」

「ははは」

女たちのツッコミを受け、我に帰ったプリムラさんが必至に胸と股間を隠そうとする。――女たちはプリムラさんに任せて大丈夫だろう。

広場には、殺された野盗どもの屍《かばね》が集められていた。ちょうど薬の効果が切れてきたようで、オレンジ色の薄暗みの中、目の前に広がる悲惨な光景が俺に現実を突きつける。

中でも俺がやった死体が一番酷いのだ……。いくら薬のせいとはいえ、これはイカン。思わず口を押さえてしまうが――俺の目の前でさらに衝撃的な光景が繰り広げられる。

獣人たちは屍の頭を落とし始めたのだ。

「おいおい、何をするんだ？」

「何って、討伐の証拠のために首を持って行くんでさぁ。旦那、こういうのは初めてかい？」

「ああ……」

「まぁ冒険者をやってれば、こういうのはしょっちゅうだからな。慣れるこった」

慣れる――って、こんなのに慣れるのか？

数だけ勘定するなら、耳とかでいいらしいが、今回は報奨金の金額がデカいから、悪党どもの顔の確認が必須だ。首を持って行かなければ討伐完了とはならない。それがこの世界の掟《ルール》ならば仕方がない。さすが異世界、甘くはなかった。一歩、街から出ればこれだ。

腹から沸き上がってくるものを無理やり飲み込むと、獣人たちの所へ行き、落としたばかりの生首を掴んだ。

「そ、それじゃ、首は俺のアイテムＢＯＸへ入れとくよ」

ガクブルしながら、アイテムＢＯＸへ突っ込む。

「そいつは助かるぜ！　何しろ時間がかかると臭くてなぁ。塩でも大量にあればいいんだが、さすがにこんなに沢山の首を埋めるだけの用意はねぇし。運ぶのだって大変だぜ」

アイテムＢＯＸへ入れておけば腐ることもないからな。しかし——まさか、こんな物を入れる羽目になるとは……。どうしてこうなった！　スローライフはどこへ行ったんだ？

彼は俺と話をしながらも、耳をクルクル回して辺りを警戒しているようだ。

「お前の耳や鼻でも、潜んでいる敵の気配はないか？」

「ありやせんぜ」

「そうか……」

屍を数えると、52体だ。50と聞いていたから、ほぼ数は合っていたようだな。俺が調子に乗ってユ○ボアタックをした屍はバラバラだ。腸《はらわた》がそこら中に散らばって、生臭さと酸っぱい臭いが辺りに充満している。

うわぁ、マジでやっちまったぁ、トラウマになりそう……。頭を抱えていると、ふと広場に置きっぱなしの相棒《パワーショベル》が目に留まる。あ、出しっぱなしだわ、収納しないと。

ユ〇ボを収納すると、女たちがランタンを片手に、俺が渡した服を着て広場へやって来た。

「おお、みんな似合うじゃないか」

「こんな上等な服を、もらっちまってぇ……」

「なに、いいってことよ」

「ウチも身体洗ってきていいかにゃ？」

綺麗になった女たちを見て、ミャレーが声を上げた。女の一人から石鹸を受け取ると、井戸の所へすっ飛んでいった。彼女は灯りがなくても眼が見えるからな。獣人は毛皮を着ているので、血糊が乾くと面倒なことになるらしい。

広場に放置されたままのポリカーボネート製の盾を人数分回収した。特に獣人たちが使っていたバックラーは白い傷が入りまくっている。そうそう、クロスボウとミャレーのコンパウンドボウも回収して矢も集めないとな。

「このあとどうするんだ？」

首を切っているニャケロに恐る恐る話しかける。

「どうする？　って、もちろん装備を剥ぎ取るんでしょ？」

「ああ、やっぱり……」

「明るくなりゃ家の中も探して、金目の物は片っ端から全部かっぱらいましょうや！」

「どっちが盗賊だか分からねぇ……」

「ははは！　悪事を働かなけりゃ、こいつらも死ぬこともなかったんですぜ？」

「そりゃ、そうだが。その前に身体を洗ってきたらどうだ」

「おっと！　そういえばそうだ。首を切るのに夢中ですっかり忘れてたぜ」

井戸へ走って行くニャケロたちを横目で見ながら、俺は意を決して生首を次々とアイテムＢＯＸへ突っ込んでいく。アイテムＢＯＸの中には【首（人間）】×52――という表示が追加された。一体どういう状況なんだよ……。

女たちの方を見ると、さっきの子供が髪を短くカットされて、髪を乾かしている。

よくよく見れば女の子のようだ。

「ああ、女の子だったのか？」

コクリとうなずいた。

「それじゃ女の子用の服をやらんとなぁ」

早速、シャングリ・ラで検索する。あまり派手なのはダメだろう、シンプルなやつだな。襟元に白いリボンがついた紺のワンピースを見つけた。いい感じだ――3000円で購入。

「ほら、これをやるから着ていいぞ」

女の子にワンピースを渡すのだが、じっと見ている。

「着方が分からんか？　ちょっと着せてやってくれ」

「はいよ～」

女の一人がボロボロの服を一気に脱がせ、裸になった彼女の頭から紺のワンピースを押し込んだ。

「なかなか似合うじゃないか、名前は何て言うんだ？」

ショートボブ風になった黒い髪の毛に、紺色のワンピースがよく似合う。丸顔だが、ちょっとつり目がちな目で、俺をじっと見続けている。

「……アネモネ」

「アネモネか――いい名前だ、よろしくな」

獣人たちは暗闇の中で宝探しに没頭している。夜目が利くから暗闇でも関係ないしな。

俺と女たちは寝ることにした――俺が寝転がって星空を眺めていたら、女の子――アネモネが俺の隣へ来て抱きついてきた。反対側にはプリムラさん。ミャレーはアネモネの隣だ。

俺は女たちに囲まれて、石鹸の香りの中で眠りに落ちた。

◆◇◆◇◆

──次の朝。ふと、何かが燃える臭い。

「なんだ⁉」

慌てて飛び起きた。目に飛び込んできたのは、メラメラと燃えている山積みの死体。こりゃまた朝っぱらからヘビー過ぎるな……目が一発で覚めた。さすがに50を超える屍を放置するわけにはいかず、爺さんが魔法で燃やしているらしい。

「おはようさん。爺さん、大変なことをやらされてるな」

「おお、起きたか。なぁに、魔導師なら誰もが通る道じゃよ」

軍に徴発されると、このようなことを日常茶飯事的にやらされるという。戦死者の死体を放置して腐敗させれば、疫病の原因にもなるしな。やっぱり軍に捕まるとろくなことにならんようだな。爺さんは魔法を使いながら、俺が渡したアルミ板を見つめている。

「爺さんどうした?」

「金属に変化がないか、確認しているのじゃよ」

「本当に触媒なら変化はないはずじゃないのか?」

「その通りじゃが、内部で何らかの変化が起きていて、劣化などがあるかもしれぬのでな……」

まぁ魔法がどうやってアルミを触媒に使っているかなんて分からないけどな。

この屍の山を作った獣人たちは、剥ぎ取った装備を山のように積み上げていた。夜目が利くので夜半までやっていたという。

「こんなに持って帰るのか？」

「だって全部、金になるんですぜ？　ここに捨てて行ったらもったいねぇじゃないですか」

「そりゃ、そうだが。帰りは女たちも荷台に乗るんだぞ？」

「ありゃ、そういえばそうか！　でも建物の中にも金目の物が沢山あるんですぜぇ？」

ほかの冒険者たちも、捨てて行くのはもったいないという意見で統一されているようだ。

「それじゃ仕方ない。俺のアイテムＢＯＸの中へ入れてやるよ」

「さすが旦那！　そう来なくっちゃ！」

俺の言葉を聞いた獣人と冒険者たちは、建物の中にあった家具まで運び出し始めた。

マジかよ。まぁ容量的には問題ないと思うが……。街へ帰ればギルドからたんまり金が出る。はした金は捨てていいと思うんだがなぁ——まぁ、好きにさせてやるか。

「さて、漁りは男共に任せて朝飯を作らなきゃな」

俺がアイテムＢＯＸから圧力鍋を出すと、女たちは畑に野菜があるという。

「ああ、そりゃ助かる。それじゃ俺は肉を出すよ」

荒野で冒険者と食事をした際に、アイテムＢＯＸへ入っていた肉はほとんど使ってしまったので、シャングリ・ラから買うことにした。

え～と、豚肉のこま切れ——１kg８００円の物を買うが、どのぐらい必要だろう？

１人３００gとして36人いるから……約11kg！　８８００円だ。

ちょっと多いか？　いや戦勝祝だ、ドーンと買ってやれ。

よし、味付けはコンソメにしよう。女たちが圧力鍋に井戸水を汲んできたので料理を始める。

火を起こして、お湯を沸かしていると、女たちが畑で掘った野菜を井戸で洗い持ってきてくれた。そして、女たちがあちこちから包丁やナイフを持ち寄って皮を剥き始める。

野菜と肉を圧力鍋に入れて、コンソメスープの素を大量にぶち込んで蓋を閉める。

「それにしても何か忘れているような……う～ん」

しばし考えて思い出した。

「あ！　アナマを荒野に置きっぱなしだよ！」

こりゃ拙い。迎えに行かないと、あいつは街へ討伐失敗の報告をしてしまうぞ。

ちょうど建物から出てきた騎士爵様に、アナマのことを話した。

「ああ、あの女のことをすっかり忘れていたな。それよりケンイチ殿。今回の騒ぎに貴族が関わっていた証拠を見つけたぞ」

騎士爵様が差し出したのは手紙――それには赤い封蝋が押されている。

封蝋に使う印は、いわば印鑑のような物なので、持っている貴族本人にしか使えない。

「こんな証拠を残すなんて、お粗末過ぎますねぇ。それともバレない自信があったのか」

「いやケンイチ殿。貴族が関わっていれば討伐の情報など筒抜けになってしまう」

「そうか。討伐が来る日になったら逃げてしまえばいいってわけだ」

「そういうことだ」

「――って、それは騎士爵様にお任せいたします。私はアナマを迎えに行ってまいります」

料理は女たちに任せると、俺はトラックのエンジンを掛けて、アナマを迎えに行った。

森を抜け荒野を目指すと、彼女が1人でポツンと待っており、俺のトラックを見つけて勢いよく手を振り始めた。

「おおい！　アナマ！」

「旦那！　生きてたんですか！」

「生きてるに決まってる。負傷者はいるが、軽傷で皆は無事だ。プリムラさんも無事だ」

「よかったですねぇ」

アナマが俺にすがり、おいおいと泣き始めた。まさか泣かれるとは思ってなかったな。

「あたしゃ、こうやって一緒について来ましたけど、ダメだと思ってましたよ」

「はは、正直な奴だな。よし、皆の所へ行こうぜ。助け出した女たちが飯を作っている」

彼女を助手席に乗せて、戦場となった古城跡に引き返す。

破壊された門を潜るとトラックを乗りつけた。広場では、圧力鍋から白い蒸気が立ち上り、スープのいい匂いが辺りに立ち込めている。

「おおい！　戻ってきたぞ！」

「よくまぁ、皆無事で」

皆の無事な姿を見て、アナマが再び泣き始めた。涙もろい奴だ。まぁ、年を食うと涙腺が弱くなる。俺もちょっとしたことで、うるうるしてしまうことがあるからな。

「マロウ商会の娘さんもよくご無事で！」

「はい、ケンイチさんに助けていただきました」

アナマが再会を喜んでいると、料理をしていた女たちが驚嘆の声を上げた。

「ええ？　もう戻ってきたんですか？　さっき出たばかりでしょ？」

「言っただろ。あの馬なしの車は俺たち獣人並みに脚が速いんだよ」

「へぇぇ」

そばにいたニャケロが得意げに女たちに説明している——その時、アナマがアネモネを見つけた。

「こんな子供までぇ……」

アナマがアネモネへ近づくと、彼女の頭をやさしく撫で始めた。

「ぐすっ……あたしの子供も生きてりゃ、このぐらいの年に……」

「え？　お前、子供いたのか？」

「ええ――流行病で亡くしてしまいましたけどね……もう10年ぐらい経つかねぇ」

聞けば、行きずりの男との間に生まれた子供で、小さいうちに病気で死んだらしい。

この世界は医療が発達していないからなぁ。子供の生存率は高くないのだろう。

アナマの相手はアネモネに任せて、料理を仕上げるとしよう。腹が減ったからな。

「もうすぐ食えるぞ！　食器を用意してくれ。人数分あるか？」

「本当ですか？　食器は野盗の男たちが使っていた物がありますから」

野盗は50人以上いたから、この人数でも大丈夫だろう。女たちが木製の深皿やスプーンを用意した。

「ああ――騎士爵様にはもっといい食器を用意した方がいいかな？」

「気にすることはないぞ」

いつの間にか俺の後ろに騎士爵様が立っていた。辺りを散策してきたらしい。

「戦場では食事すら満足にできないこともしばしばあるからな。こんな所で美味い食事ができるだけでありがたい」

「戦に参戦したことも、おありなんですか？」

「ああ、何度かな。だが殊勲を立てたわけでもなく、未だに無役の騎士爵のままだが」

「今回のこの討伐で、役ぐらいはもらえますよ」

「そうだといいが——なかなか上手くはいかん」

「どうせ役立たずの大貴族の子息様とかいう連中が重臣を占めていて、能力のある人材が割を食っているんでしょう」

話を聞いていた皆が一緒にうなずいている。

「まぁそんなところだ。連中は戦になっても後衛で飯を食っているだけだが。ハハハ」

あまり笑いごとじゃないがなぁ。

圧力鍋から圧を抜くと、白い噴水のように勢いよく蒸気が吹き出す。

「うほ〜っ！　今日も朝から食欲をそそる、いい匂いだぜ」

男たちが圧力鍋の周りに集まって、皆でクンカクンカしている。ゴツイ奴らのその仕草は少々コミカルで、思わず吹き出してしまう。

シャングリ・ラから【訳ありパンセット】という1袋1200円のパンを20袋購入して、ビニール袋のまま地面に並べた。もう皿に移すとかいう場合じゃない。取りあえず食えればいい。

準備が整うと、皆が一斉に料理にかぶりつき始めた。

「おおっ！　今日のスープもうめぇ！　旦那の料理はいつもうめぇな！」

「今日は女たちが手伝ってくれたしな」

「わたしら、野菜の皮を剥いただけじゃないですか」

「ひゃぁ～このパン、柔らかくて美味しいよ！　それに甘いんだ！」

「これじゃ、スープがいらないね」

この世界のパンは硬くてガチガチで乾燥している。それをスープに浸して食べるのが一般的だ。今日の料理も皆に好評のようだ。

「ほら、たんとお食べぇ。パンもあるよ」

「……うん」

アナマはアネモネに、スープを盛ってやったり、パンを分けてあげたりと、甲斐甲斐しく世話を焼いている。死んだ子供の面影を重ね合わせているのだろう。アネモネも嫌がっている風には見えないから、好きにさせてやろう。

飯を食うと、男たちは再び建物内へ入り込み、中を物色し始めた。畑の作物まで掘り起こして全部持っていくつもりらしい。どんだけやるつもりなんだ。

大量の荷物は全部アイテムＢＯＸへ入れた。

「お前さん。あの見たこともない金属もそうじゃが――こんなに大きなアイテムＢＯＸを持っているのが貴族どもに知られたら事じゃぞ？」

「爺さんが黙っててくれればいいんだよ」

「わしゃ当然、黙っているがの。人の舌を抑えることは誰にもできんぞ？」

元世界で言う――人の口に戸は立てられぬ――ってやつだ。だがこうなってしまったら仕方がない。稼ぐだけ稼いで、ヤバくなったら、トンズラするしかない。

昼前に全ての荷物をアイテムＢＯＸへ詰め込む作業が終わったので、故郷へ帰る女たちを送るためにトラックで出発。里帰りを希望しているのは９人。一番遠い村はここから30リーグ（約50㎞）ほど離れているらしい。寄り道は冒険者たちも賛成している。

「そういえば、アネモネの村は？　どこら辺りなんだ？」

「ウルップ……」

「そりゃ、また遠いなぁ」

冒険者の一人が呟く。距離はここから75リーグ（約１２０㎞）の彼方のようだ。

「帰りたいか？　この車なら送って行けるぞ？」

だが彼女は黙って首を振る。

「旦那！　この子は多分、口減らしに売られちまったんですよ」

アネモネは否定しない。アナマの言うことは間違いないらしい。

貧しい農家は多人数を養っていけない。親によって人買いに売られて、その商人をシャガが襲い――というのが、アネモネがここにいる顛末のようだ。

「可哀想にねぇ」

アナマがアネモネを抱きかかえて、また泣き始めた。

「泣いてる暇はないぞ。女たちを故郷へ届けるんだからな」

「分かっていますよ」

「それじゃ、アネモネ。皆と一緒にダリアの街に行くか？」

彼女は黙ってうなずいた。さて――ちょっと遠回りしますか。


行けども行けども、荒野は続く。

俺の隣の助手席にはアネモネとプリムラさんが座っている。馬なしで動く車に乗って楽しそうだ。そのほかの皆は荷台に乗っているが、街道を走っているため、荷台でも乗り心地はそんなに悪くないだろう。笑い声も聞こえてくるほど和気あいあいだ。

出発する前、討伐成功の報告をするために、獣人の一人に食料と水を持たせ街へ走らせた。

獣人の脚なら、ゆっくり向かっても数時間で到着できるだろう。

トラックのハンドルを握りながら、代わり映えしない景色に飽きてきた。車載ラジオが付いていても放送は入らない。仕方なく歌を口ずさむ。

「それは、何という歌なのでしょう？」

助手席のプリムラさんが曲名を聞いてきた。

「蘇州夜曲だよ」

「いい歌ですねぇ。今度教えてください」

「ああ」

日本語が通じるから歌も通じるってわけだ。


街道沿いにトラックを走らせて村々を巡る。

村へ近づくと、1人また1人と女たちが降りていく。俺からもらった白いブラウスと紺のスカート、そして麻でできた袋に毛布と自分の持ち物を入れて。

どの女たちも村へトラックを入れることを拒み、かなり手前で降りて歩いて行くのだ。ひっそりと帰って、ひっそりと暮らしたいのだろう。女たちには餞別《せんべつ》として金貨を1枚ずつ渡した。街でも月に銀貨2枚（10万円）あれば暮らしていけるので、約2カ月分の生活費になる。

「ありがとうございます」

「なぁに、街へ戻れば討伐成功の金が入ってくるんだ。このぐらいはさせてくれ」

ペコリと静かに頭を下げて、また1人、女が村へ戻って行く。

「本当に――旦那は人がいいんだから」

アナマがまたボヤいている。

「野盗に酷い目にあわされたんだ、彼女たちにも金をもらう権利が多少はあると思うがな」

「そんな話は聞いたことがありませんよ」

5人の女たちを降ろしたところで日が暮れた。皆で食事を取り、明日に備える。

男達は酒が飲みたいというので、たっぷりと出してやることにしたが――付き合っていられないので、女たちと少し離れた場所で寝ることにした。

◆◇◆◇◆

――次の日。俺が目を覚ますと、既に女たちは起きて後片付けをしていた。

元気な女たちとは対照的に、男どもは見事にへたり込んでいる。俺が出した酒は全部空だ。

おそらく宿酔《ふつかよ》いだろう。

「呆れたよぉ！　こいつら馬鹿だからさ、酒なんてあるだけ飲んじまうのさ！　何ですか騎士爵様まで一緒になって！」

「め、面目ない……」

アナマのお小言に答える騎士爵様の顔もなかなかの有様だ。

男共を放置して朝飯の準備をした。スープができたので配る。

「ふぅぅ……スープか。ありがてぇ」

「獣人でも宿酔いになるんだな」

「そりゃ、なりますぜ」

「でも、普通はこうなる前に金がなくなるからにゃ」

ミャレーの言う通りなのだろう。こんな調子じゃ貯金もないはずだ。病気でもしたらどうするのか？　なんて考えるのは、俺が日本人だからか。

飯を食い終わったので再び出発した。荷台で揺られる宿酔いの男どもは辛そうである。

「自業自得ですよ」

醜態を晒している男どもに女たちの視線が冷たい。荷台でアナマの演説が始まった。

「もうねぇ！　若い頃は見てくれがいいとか、多少金を持っているとか、目の前のことばかり気になるけどね！　男は誠実さが一番だよ！　ちょっとぐらい金を持ってたって、ろくでなしじゃあっという間に文なしになっちまうからね」

「さすが姉さん、参考になりますだ」

「そりゃ伊達に長く生きてないよ」

まぁ、アナマと女たちは20歳ぐらいは年が違うだろうから、それなりの人生経験に裏打ちされた発言ではある。

「じゃあ、ケンイチの旦那みたいな人がいいのかい？」

「ああ、ダメダメ。あういう人は女なんてどうでもいいのさ」

「ギクッ！」

「自分のやりたいことがあれば、女なんて捨てて、1人でどっかへ行っちまう人だね」

「ギクッギクッゥ！」

クソ、さすがに長く生きてるな。俺の本質を見抜いてやがる。

「にゃ〜！　それじゃウチは愛人でいいにゃ〜」

「まぁ遊びならそれもいいんじゃない？　でも、すぐに捨てられても泣くんじゃないよ？」

「にゃはは」

ミャレーはケラケラと笑っているのだが、嘘なのか本気なのかよく分からん。

「ケンイチさん——アナマさんの言ってることは本当なのですか？」

「まぁ、当たってるかねぇ……俺は趣味に生きる人間だからな」

「……」

ずっと荒野だ。高い建物が一切ないので空が広く、地平線まで見渡せる。電信柱の1本もない長閑《のどか》な風景。これまた長閑な村々を巡り、女たちを故郷へ返して行く。

村ではどんな愁嘆場が待ち受けているか。故郷へ帰る女たちには、そういう場面に皆を巻き込みたくないという思いもあるのかもしれない。

午後3時頃に一番遠くの村へ到着して、最後の女を降ろした。

ペコリと頭を下げて、村へ歩く女を見送り、トラックをダリアに向ける。

「もう夕方になるよ。こんな遠くの村から、本当にダリアの閉門前に着くのかい？」

アナマの疑問はもっともだが、トラックのスピードなら余裕だろう。荷台に皆を乗せて、傾きかけた太陽を背にトラックはひた走る。

運転している俺に、プリムラさんが話しかけてくる。

「これで、ケンイチさんがダリアに帰ったら、英雄扱いですよ」

「ははは、止めてくれよなぁ。そんなの性分に合わないし」

「村々も正式に訪問すれば歓待してくれたと思いますよ。あのシャガという野盗には度々襲われていたという話でしたし」

「でも、捕まっていた女たちが人々の目を集めて、そのあと暮らしにくくなってしまうからなあ。これでよかったと思うよ」

「ケンイチさんらしいですわ。名誉欲とか全くありませんのね」

「ないない、全くない。取りあえず飢えない程度に稼いでゆっくりと暮らしたいだけ」

それが、なんでこんなことになったんだ。

だが、救える可能性があったのに、プリムラさんを見捨てるわけにはいかなかった。


空が赤く染まり、影が長く伸びる頃――やっとダリアの城壁が見えてきた。

「おおい、着いたぞ！」

窓から顔を出して後ろの荷台に呼びかけた。

「本当にゃ～！　もう着いたにゃ！」

「これじゃ俺たち獣人並の速さだぜ」

「すげぇ！　マジで着いたんか！」

冒険者たちが荷台で沸いている。はしゃぎ過ぎて落ちるなよ。

閉門間近なので馬車で混雑している。皆が閉門に合わせて急いでやって来るからだ。

「はいはい！　ごめんなすって、ごめんなすってぇ」

大通りに出ると、馬車を追い越して冒険者ギルドへ向かう。

冒険者ギルドの前にマロウ商会の馬車が停まっていた。その前で、ウロウロと落ち着かない動きをしている緑色の服を着た男——マロウさんだ。トラックのクラクションを鳴らし、マロウさんの注意を引く。彼もすぐに気が付いてこちらへ走り出した。

ギルドの少し手間でトラックを止めると、左のドアを開けてプリムラさんが飛び出して、道の真ん中で親子が抱き合った。

「お父様！」

「プリムラ！　おおお！　プリムラァ！　よくぞ無事で！」

抱き合いながら、おいおいと泣き合う2人だったのだが——。

「プリムラ——これはずいぶんと上等なブラウスじゃないか」

「ええ、お父様。ケンイチさんからいただきました」

「これは——商会でも扱える」

途中から商売の話になっていた。さすが根っからの商売人だ。どんな時も商売を忘れない。

抱き合う親子を見ながら、ギルドの前にトラックを横付けした。

トラックの天井へ乗っかり、獣人のニャケロが叫んだ。

「野盗のシャガを俺たちが殺ったぜ！　俺たちを笑った奴は出てこいってんだ！　ハハハ！」

だが言葉だけでは信じない奴もいる。

「旦那！　シャガの首だ！」

えええ？　ここで出すのかよ！　気色悪いが、シャガの生首をアイテムＢＯＸから取り出す。何の因果で俺がこんな目に……しかしこれが異世界らしいといえば、その通りだ。

「どうだ！　こいつがシャガの首だ！」

俺が渡した鮮血滴るシャガの生首を高く掲げるニャケロ。

「おおお～！」

「確かに、手配書の通り、左頬にデカいキズがあるぜ」

騒ぎに集まってきた人々が、お互いに顔を見合わせながらあれこれ話をしている。

予想通りの反応に、ニャケロは鼻高々だ。

さて、これで一件落着とはいかない。冒険者ギルドへ入って、討伐が成功したことを報告しなければならない。集まる人々に構わず、総勢15人の冒険者たちがギルドへ入っていく。

ニャケロが手に持ったままの生首をカウンターの上にドスンと置いた。

「ひいいいいっ！」

目の前の白目を剥いた血も滴る生首に、受付の女の子が飛び上がった。

「おらぁ、野盗の親玉――シャガの首だ。存分に見分《けんぶん》しやがれってんだ」

「こ、ここに置かれても困りますぅ～」

「これだけの獲物だ、お前らも徹夜でやりやがれ！　ハハハ！」

ニャケロはデリカシーがないのか。それともギルドに鬱憤《うっぷん》でも溜まっているのか。逃げ惑う女の子たちに代わって、男の職員が出てきた。

「あの、首はどのぐらいあるのでしょうか？」

「え～と……じゅう……じゃねぇや——え～と、旦那！　いくつだった？」

「シャガの首を含めて52だ」

「そう！　それだ！」

獣人は指で数えられる10以上の数が全くダメだ。まれに計算ができる獣人もいるそうだが。

職員の前に騎士爵様が歩み出た。

「ノースポール騎士爵だ。ギルドマスターに会いたい」

「これは騎士爵様。ここでしばらくお待ちください」

騎士爵様は、この件に貴族が関わっていることをギルドマスターに報告するのだろう。

「ケンイチ殿。私は明日にでも、ここを治めているアスクレピオス伯爵に会ってくる」

「貴族が絡んでいることを、ご報告なさるのですね？」

「そうだ」

「騎士爵様にお任せいたします。相手が貴族ならば、我々平民には手出しができませんし」

「任されよ」

ニャケロは徹夜で仕事をしろと言っていたが、本当に今から見分を始めるようだ。

慌ただしく職員が走り回り、ギルドの備品であるランプなどが集められていく。さすがにギルドの建物内に生首を並べるわけにはいかず、いつもは魔物や動物の解体に使われている処理施設が選ばれた。血と臓物の匂いが染みこむ建物内に、首が52個――俺のアイテムBOXから出されて並べられた。

「あ、あの……首がまだ温かいんですけど……」

慣れない作業に女子職員たちは及び腰だ。

「首を落としてすぐに、あの旦那のアイテムBOXへ入れて持ってきたからな。できたてのホヤホヤよ」

「こんなホヤホヤいらないですぅ」

「何言ってやがる。腐ってドロドロや塩漬けでしわくちゃの首より、よほどいいだろうが」

「へへ、悪党の首もこれだけ並ぶと壮観だな。こいつがシャガの野郎か。確かに悪そうな面をしているぜ」

以前、俺の持ち込んだ獲物を解体してくれた口髭と傷だらけの職員は、この手の仕事は慣れっこのようで平気な顔をしている。

職員総出で手配書と首との照合が始まった。もちろん、この世界には写真などはないので、皆が似顔絵と犯罪者の持つ特徴とを照らし合わせて見分が行われる。

一緒のパーティに騎士爵様がいてくれたお陰で、遥かに信憑性が上がった。やはり地位の高い人がいると物事がスムーズに運ぶ。難癖を付けられて、賞金が減額されることもあるという。ニャケロがギルドに少々負の感情を持っているのはそのせいなのだろう。身分が低いし、知能もあまり高くないので、足元を見られることも多いらしい。酷い話だ。

見分している最中に俺は、通りに停まっていたトラックをアイテムＢＯＸへ収納することにした。突然、目の前から消える鉄の化物に、集まった人々は驚きの声を上げる。

プリムラさんとマロウさんは皆に頭を下げまくった後、馬車で帰宅した。いろいろとあったんだ、親子水入らずで自分の家でゆっくりしたいだろう。

首が並べられた現場に戻ると、ギルドマスターらしい男が仕切っている。聞けば、爺さんはギルドマスターの師匠だというではないか。

「爺さんって、結構すごい人だったんだな」

「ホホホ、見直したか？」

「まぁな」

「それでの、あとで頼みがある」

「世話になったし、俺にできることとならな」

騎士爵様だけじゃなくて、ギルドマスターの師匠が同行していたんだ。この討伐の真偽について、もう疑いを挟む奴はいない。全部の首が見分されて、間違いなくシャガ一味のものと確認された。だが、この場で金が支払われるわけではない。何しろ大金だ、金庫にもこれだけの金は入っていないだろう。

報奨金は——総額金貨1725枚（3億4500万円）。

1人当たり金貨115枚（2300万円）——の稼ぎである。

これプラス、敵のアジトから奪ってきた諸々の物資がある。これらの売却代金も均等に分けられる予定だが——。

「わしの稼ぎは、お前さんにやる。その代わり、あの金属の板をもう1枚くれ。そちらの方が貴重だ。金では買えん」

「爺さんがそう言うなら、それでいいが」

特殊な金属を触媒に使って、魔法のブースター代わりに使えるとなれば、確かに金では買えないアイテムだ。

俺の取り分は、爺さんの分も合わせて4600万円か——命がけで戦ったのだから、このぐらいもらってもバチは当たらんよな。

見分が終わると、既に辺りは真っ暗だった。未だにギルド前では野次馬の人だかりができている。暗くなったギルドのカウンター前の広間で、皆で打ち合わせと金の計算をする。

獣人たちは勘定も計算もできないので、あたふたしているのだが、爺さんや騎士爵様がいるから大丈夫だと言い聞かせる。

広間の壁際にある椅子には、敵のアジトから連れてきた女たちと——眠っているアネモネを抱いているアナマがいる。打ち合わせの結果、いろいろと道具を用立ててくれて、美味い飯も食わせてくれた——ということで、皆が俺に分前をくれるようだ。

俺としても断る理由もないので、ありがたくもらっておく。金はいくらあっても困ることはないからな。アイテムＢＯＸに入れておけば、重くもないし安全だし。その金額は、14人で合計、金貨80枚（１６００万円）ほどになった。

全部合わせると６２００万円の稼ぎだ。

俺の出したアイテムについては他言無用をお願いした。だが、これだけ派手に暴れたんだ、噂が広まるのは避けられないだろうな……。

「アナマは、金貨5枚ぐらいでいいか？」

「え？　いらないよそんなもの。あたしゃ全く働いていないじゃないか。怖い思いもしてないしさ」

「だが、いろいろと手伝ってくれたじゃないか……それじゃ、金貨1枚（20万円）ぐらいなら受け取ってくれるか？」

「そりゃ、まぁ……料理の用意も手伝ったし、この子の面倒もみたいし、そのくらいならもらっておこうかね？」

アナマに金貨を渡す。アネモネは、取りあえずアナマの家に泊まるようだ。

一緒にいた女たちにも金貨を1枚ずつ渡す。

「いいんですかい？　金貨なんかいただいて……」

「職を探すのにも、寝床を探すのにも金がいるじゃないか。いいからもらっておけって」

「そりゃ文なしですからねぇ。ありがたく頂戴いたしますよ」

女たちは金を受け取ると、宿を探すようだ。

「困ったことがあれば、アナマか爺さんに頼ればいい。この街じゃ顔が広いからな」

「任せておきなって」

俺は、この街に――というか、この世界に来たばかりの新参者だからな。

既に門は閉まっていた。俺も泊まる所を探さないと――最初に泊まった宿でいいか。10分ほど歩き、アザレアがいる宿屋に到着した。

「こんばんは、泊まりたいんだが、部屋は空いてるかい？」

「ケンイチ！　ケンイチらしい人が、鉄の化物に乗って野盗の討伐へ行ったたって聞いたけど⁉」

宿屋の食堂で酒を飲んでいた連中が一斉にこちらを向いた。

「ああ、違う違う、人違いだから」

「なんだぁ、そうだよねぇ」

無論、大嘘である。大金が入ることを知られたら、皆にたかられるからな。話を聞いていた客たちも、また酒を飲み始めた。

アザレアが急に抱きついてきて、上目遣いで俺を見てくる。

「ねぇ、あたしを愛人にしてくれるって約束は覚えてるぅ？」

「いや、全く覚えてないな」

「酷い！　あたしのことは遊びだったのね！」

見るからに嘘泣きだ。

「まぁ、お前も小遣いが稼げたし、よかったじゃないか」

「……ケンイチはもっと、お人好しかと思った」

「ハハハ、ごめんな～。俺は悪いオッサンだから」

彼女は独自の嗅覚で――俺が金を持っていることを嗅ぎつけたんだろう。もしかして討伐に行ったのは、俺だと分かっているのかもしれない。

「ほら、お釣りはお前の小遣いにしていいから」

この街へ来てからいろいろと世話になったアザレアにゃ悪いが、小四角銀貨1枚（5000円）を渡して2階へ上がる。俺がいつも使っていた部屋が空いていたので、そこに泊まることにした。疲れていたので、そのままベッドに倒れ込む。

だが、疲労困憊しているとなかなかぐっすりと眠れない。うつらうつらしていると、ドアが開いた。燭台を持ってオレンジ色の光の中に立っていたのは、アザレアだ。

「おい、アザレアか。俺は疲れてるんだよ」

俺のその言葉を聞いたはずなのだが、アザレアが服を脱いで、毛布の中へ潜り込んできた。

「今月は稼ぎが少ないんだよ。先っぽだけでいいからさぁ」

「何言ってんだお前、先っぽだけで金を取るのか？」

「じゃあ、奥まで入れる？」

らちが明かないので、結局やることにした。

ことが終わってスッキリしたせいか快眠することができた――。

しかし、これでいいのか？　全くスローライフっぽくないのだが。

◆◇◆◇◆

——次の日。

ベッドでアザレアがまだ眠っているが、そのままにして宿屋を出ると冒険者ギルドへ向かう。

ギルドに到着すると、既に皆が集まっていた。

皆で話し合って、武器や防具などは出発の際に装備を揃えた武器屋で売ることにした。

盗賊から剥ぎ取った装備1人当たりを15万円相当として、15×52人で780万円。結構な金額だ。商人の中には、この剥ぎ取りで財を成した連中も多いと聞く。

シャガが集めていた絨毯やら陶器やら宝剣やら——そういった高価なものはマロウ商会に買い取ってもらう。こういうものは貴族や金持ちが買うという。

家具やらは爺さんの道具屋で買い取ってもらえばいい。

悪党のアジトにあった金貨100枚ほども皆で山分けだ。

全ての売却が終わって、その総額は——金貨178枚（3560万円）。

15人で山分けして1人当たり金貨11枚（220万円）。端数は女たちにやることにした。その方が後腐れなくていいだろう。

ギルドからの支払いは少々時間が掛かるらしいので、金を受け取る日に皆で集まる約束をした。女たちは俺が渡した金を持って、それぞれ仕事と住処を探すようだ。

皆と別れ、やっと森にある自宅へ足を向けたが――なぜかアネモネがあとを付いてくる。

「おいおい、どうして俺のあとを付いてくるんだ？」

「ケンイチと一緒にいたい……」

「アネモネはアナマの所がいいんじゃないのか？」

「……ケンイチの食事が美味しかったから」

イカン、餌付けをしてしまったか。

「俺の家は森の中にあるんだぞ？　それは聞いたか？」

「うん……」

何回か確認したが、俺と一緒がいいようだ。別に断る理由もないしな――可哀想だし。

彼女と一緒に森への道を歩いて家に到着した。

「ほら、ここだぞ」

アネモネは辺りを見回しながら、森の中に建てられた焦げ茶色の家に驚いている。

「すごい……」

彼女は呟きながら家に近づいたのだが、物陰にいた黒い動物に気が付くと、俺の後ろに慌てて隠れた。物陰から出てきたのは森猫だった。

「なんだ、お前か」

森猫の口には黒い毛皮の獲物が咥えられている。

「よしよし、ありがとうな」

喉を撫でると、ゴロゴロと音を鳴らして答えてくれる。

「びっくりした……」

「ああ、噛んだりしないから心配しなくていい」

アネモネは俺の隣へやって来て、一緒に森猫の背中を撫でてニコニコしている。

あまり笑顔を見せない子だが、森猫はかわいいらしい。家の扉を開けると、森猫が黒い身体をくねらせ中にするりと入り、部屋の指定席に丸くなる。


俺は森の中の小さな家で、アネモネという少女と暮らすことになった。

「それじゃベッドをもう一つ出すか――そこにアネモネが寝ればいい」

だが、それを聞いたアネモネが首を振る。

「え？　嫌なのか？　それじゃどうしたらいい？」

「ケンイチと一緒に寝る……」

「え～、俺とか？」

「……」

アネモネの顔が急に悲しげに変わる。

「待て待て、アネモネのことが嫌いなわけじゃないんだよ――分かった分かった、一緒に寝てやるから」

「……うん」

まぁ、いきなり親に売られたりしたからなぁ。子供としてはショックだったろうな――そのせいで愛情に飢えているのかもしれん。

「アネモネ――読み書きとか計算とか、覚えたいか？」

「うん……」

彼女がコクリとうなずく。

アネモネと今後について話し合ってから、晩飯の準備をする。

子供っていったら、カレーかハンバーグか――ここはカレーにしよう。疲れたので、手抜きでレトルトカレーだ。お湯を沸かしてパウチを温めると、皿に盛る。

米の飯は食ったことがないだろうから、パンにする。

「美味しい……」

一口食ったアネモネが呟く。

「よかったな」

俺もこのぐらいの年の子供がいても、おかしくない年なんだよなぁ。取りあえず、この子には読み書きソロバンを教えて、働けるようにしてやらなくちゃ……。

6章　新たなる旅立ち

1カ月後――。

ギルドから報奨金をもらい、皆で集まって酒を飲んだり騒いだり。街の噂で貴族の一つが改易になったという話を聞いたり。騎士爵様が昇爵して小さな領を任される男爵様になり、新しい領地で絶賛領民を募集中って話を聞いたり。戦闘の時に使った薬の後遺症を心配したり。ミャレーやプリムラさんの訪問を受けたり、といった日常を繰り返していた。

そんなある日――俺の所へ珍しくアナマがやって来た。彼女は何か思い詰めたような表情をしている。いつも、ひょうひょうとしている彼女がどうしたのだろう？　話を聞いてみることにした。

「アナマがここにやって来るのは初めてだな。街の人間も全く寄り付かないのに」

「そりゃ、気味が悪いさ、でも――」

アナマが思い詰めたように、話を切り出した。

「アネモネを私にくれないかい？」

「くれって言われてもなぁ――犬猫の子供じゃないんだぜ？　まぁ、アネモネも12歳っていえば働き始める年頃だろ？　自分で選択する権利がある。本人しだいだよ」

「アネモネ！　わたしの所へ来れば商売だって教えてやるよ。一緒に住んで商売をやろうよ」

必死に訴えかけるアナマに、彼女は少しも考える節も見せずに即答した。

「……ケンイチと一緒にいる」

その答えを聞いたアナマは、奈落の底へ落ちたような顔をして両肩を落とした。

よほどショックだったのだろう。

「つらくなったら、いつでも私の所へ来ていいんだよ？」

アナマはアネモネの両肩を掴むと、やさしく彼女に呟いた。

「……うん」

アナマは憔悴した顔つきで帰路についた――大丈夫かな？　よほどショックだったようだ……。まぁ、これは本人《アネモネ》の選択だからな。俺には何も言えない。

アネモネは俺の所へ残ることになったが――街では、貴族が俺のことを探しているなんて話も聞こえてくる。市場の人間は、皆が貴族嫌いなので口を噤《つぐ》んでくれているようだが、いずれはバレるだろう。そりゃ街中でトラックや重機まで出して、あれだけ暴れたんだ。人の口に戸は立てられない。

俺は撤収の準備を始めることにした。

家の周りに植えたマリーゴールドを抜き、柵をばらし始める。完全にバラバラにする必要もない。ある程度パーツになっていれば、そのままアイテムBOXへ収納できるのだ。太陽光パネルも収納して、エンジン発電機に切り替えた。これなら咄嗟の撤収でも、すぐに逃げられるからな。


「よくぞいらっしゃいました」

マロウ邸に行くと、主のマロウさんが出迎えてくれた。

俺が前借りした分の金貨に相当する商品を納入しにやって来たのだ。

「こちらが多大な御礼をしなければならないのに、商品までいただいてしまって……」

「戦の支度金は、あくまで前借りでしたから――商人ならば、約束を守らねばなりません」

「そう言っていただくと、助かりますが……」

「それと、これは新しいドライジーネの絵です。マロウさんなら実現できるでしょう」

彼に、新しいタイプのドライジーネのスケッチを見せた。

「こ、これは素晴らしい。しかし、こんな物をいただいては……」

「いいのですよ」

マロウさんに、シャガのアジトから連れてきた女たちの話を聞く。幸い皆が仕事を見つけて元気にやっているようだ。それを聞いていたプリムラさんが俺に話しかけてきた。

「ケンイチさん。人の心配をするよりも、自分の心配をなされては？」

「ああ、貴族のことですか？　街の噂は聞いていますよ。なぁに、私がいなくなれば、全てが解決するでしょう」

「ケンイチさん！　街を出るおつもりなんですか？」

「まぁ、そういう選択もあるってことです」

「一度、領主様に謁見して、お話を聞かれた方がよろしいのでは？　ここの領主、アスクレピオス伯爵様は、そんなに悪い方ではありませんよ？」

「それでも私がすごい魔導師だとバレて、徴発を命令されたら逆らえないのでしょう？」

「た、確かにそうですが……」

マロウ親子には世話になったが、プリムラさんを助けたことで恩は返しただろう。

やはり、そろそろ潮時だ。


マロウ邸を出て家に帰ると、アネモネに今後のことを聞いた。

「アネモネ、俺はここを去ることにした。このままだと貴族に捕まって働かされることになるからな。君はどうする？　アナマの所は行くか？」

「……ケンイチと一緒がいい」

「住む所がなければ、しばらく野宿になるかもしれないぞ？」

「うん」

「そうか――分かった」

多少読み書きを教えたからといって、放り出すわけにもいくまい。本当はアナマの所がいいと思ったが、本人が望むのであれば仕方ない。

そうと決まれば、早速、逃げる準備を始めた。家の設備を全部バラして、廃棄または収納する。残るは家だけだ。こいつをアイテムＢＯＸへ収納すれば、全てがなくなる。

だが、辺りが暗くなってきたので、次の日に持ち越すことにした。家――アイテムＢＯＸへ入るよな？　大きさ的には大丈夫なはずだ。トラックだって入ったんだし……。

夕飯をアネモネと一緒に食べた後、シャングリ・ラで中古のオフロードバイクを購入した。

買ったのは、２５０ｃｃの古い２ストバイク――10万円也。

わざわざ古い２ストにしたのは、シャングリ・ラで売っている混合燃料を使えるからだ。それにシンプルな構造で壊れにくい。まぁ燃費が悪くて、環境にもよろしくないけどな。

街ではドライジーネと呼ばれる自転車が流行っているので、一風変わったドライジーネってことで誤魔化せるだろう――多分。

こいつで、スローライフのためのいい場所が見つかればいいのだが。

◆◇◆◇◆

――次の日。朝起きると、飯を食って出発の準備をする。

荷物は全てアイテムＢＯＸの中だ。着の身着のままで出発できる。なんという便利機能。

そして少々心配しつつ、家をアイテムＢＯＸへ収納してみた。

「家、収納！」

消えた――見事に消えた。アイテムＢＯＸの中には【小屋】×１となっている。俺の心配は杞憂だったようだ。土台まで一緒に吸い込まれたのはよかった。家の一部とみなされたのか。

これで綺麗さっぱりなくなった。残っているのは畑だった所だけ。

アネモネに子供用のゴーグル付きのヘルメットを買ってやる。

「これを被ってな。倒れたりすると危ないから」

「うん」

キックでエンジンを掛けると、甲高い２ストエンジンの音が森にコダマし、サイレンサーから白い煙が噴き出る。アネモネは恐る恐るバイクに跨る――まぁ、こんなの乗るなんて初めてだろうから、おっかなびっくりなのは仕方ない。

「横に飛び出ている所に足を乗せて、手で俺の腰を掴んでくれ」

アネモネに腰骨の所に掴まるように指示する。

「こう？」

「よし、いい感じだぞ。これに乗ってる時は、後ろで勝手に動くなよ、危ないからな」

「うん」

いざ出発！——と思ったら、森から黒い陰が出てきて、俺の脚に絡みついた。

「なんだ、お前か」

「にゃ〜ん」

やって来たのは、森の間から差し込む木漏れ日に黒い毛皮が艶やかに光っている森猫だ。彼女は身体を擦りつけてくるのだが——。

「よしよし、お前も達者で暮らせよ」

森猫の頭を撫でて、さよならをする。

「じゃあな」

俺はスロットルを煽ると、クラッチを繋いで、森の腐葉土の中を走り始めた。進行方向は西。街道を目指す。なに、急ぐ必要はない。ゆっくり時速10〜20㎞ぐらいで走ればいい。

か。
心残りといえば――マロウ親子をはじめ、世話になった皆に別れの挨拶ができなかったこと

だが話せばつらい別れになるだろう。それに皆を俺のゴタゴタに巻き込みたくないしな。

これでいいんだ。勝手な解釈で自分を納得させる。

しかし横を見ると――森猫が付いてくるではないか。

「おいおい、俺たちは別な所へ行くんだぞ？　森猫が故郷の森を出ていいのか？」

何回か止まるのだが、それでも森猫が付いてくる。

「もしかして、俺たちと一緒に行くってのか？　本気なのか？」

言葉が分かっているのかは不明だが、彼女は身体を俺の脚に擦り付ける。

「分かった分かった」

バイクを止めて、一旦休止だ。シャングリ・ラを検索して、プラ製の衣装ボックスを買うと、後ろにくくりつけ、これに木目調のシートを貼って誤魔化す作戦を考えた。ぱっと見プラスチックだとは分からんだろう。中には、彼女が使っていた毛布を敷き詰めた。

「俺達と行くとなると、こいつに乗らないとダメだぞ？　乗れるか？」

まさか、ずっと走って同行させるわけにはいかないからな。俺の言葉を理解したのか、森猫は全身のバネを使ってぴょんと飛び上がると、衣装ボックスの中へ着地した。

「そうそう、そんな感じだが――これで大丈夫かな？　落ちるんじゃないぞ？」

まぁ、野生動物だ。このぐらいの高さから落ちても平気だろうとは思うが……。

改めて、俺とアネモネが乗り込んで、オフロードバイクを発進させる。２人乗りの経験はあるが、３人乗りなんてやったことがない。ゆっくりと柔らかい腐葉土の上を進んでいくと、５分ほどで街道へ出た。

ハンドルを右に切ると北へ向かう。ここから先は森と緑が多いという。どこか水のある場所――眺めのいい綺麗な池か湖の畔がいいが、そんな場所はあるだろうか？　不安はあるが期待もある。そこで今度はスローライフができるだろうか。

もう金はあるんだ。しばらくはアイテムＢＯＸを見せて商売をする必要もない。黙って普通に暮らしていれば、怪しまれることはないだろう。なるべくこの世界の金を使って現地の食材で暮らせば、シャングリ・ラというブラックホールへ金を入れないで済む。

それか、どこかの鉱山で貴金属でも掘って、シャングリ・ラへチャージする手もあるな。重機も道具もあるんだ。燃料代以上を稼げれば、ワンチャンある。この世界では役に立たない鉱石でも、シャングリ・ラなら買い取ってくれるかもしれない。

それから俺以外の転移者がいるようだが、相手は敵国にいるようだし、あまり会いたくはないな……。転移者同士で戦うなんて勘弁だぜ。

まぁ時間はあるんだ。落ち着いてから、ゆっくりと考えればいいさ。

時速30㎞で30分ほど街道を進むと、前方から見覚えのある顔が荷馬車でやって来た。

一番最初に街へ案内してくれたフヨウという商人だ。

「やぁ！　フヨウさん。お久しぶりです」

「こりゃ、いつぞやの」

商人が馬車を止めて、挨拶を返してくれた。

「私も商人になれましたよ」

彼に商人の証――細い金属の棒を見せた。

「これからどちらへ？　その乗り物は、街で流行りのドライジーネですか？　その後ろにいる見事な森猫は？」

立て続けに質問が飛んでくる。

「これは私専用の特注ドライジーネですよ。森猫は旅の仲間――行く先も決まっていない、あてもない旅ですがね」

「そうですか、それは羨ましい。旅の安全を願ってますよ」

「ありがとうございます」

フヨウに別れを告げて、街道を再びオフロードバイクで走り始めた。

森の木々の間から覗く、青い空と白い雲。そのうち、何とかなるかな？
こうして、オッサンと少女、獣１匹の、次の目的地探しが始まった。

外伝　獣肉《ジビエ》のおすそ分け

玄関を開けたら——デーン！　と生肉の塊が鎮座していた。

猟奇事件？　いえ、違います。田舎じゃありがちな光景——。

ここは、北海道のド田舎。東京での生活に疲れた俺は、育った故郷にUターンで戻り、スローライフっぽい生活を送っていた。

家は築50年のボロボロの町営住宅。多分、俺が出たら取り壊されるだろうボロ屋だ。

長年使われていなかったせいか、屋根に積もった雪の重みで家が傾き窓脇も斜めになり、窓を締めても1㎝ほどの隙間が開く。冬には、この隙間から風が吹き込み、家の中に吹き溜まりができるありさま。

もちろん、こんなボロ屋だから家賃は格安だ。平屋の一軒家が1カ月破格の５０００円——でも、こんなボロじゃな、住みたいって奴もいないだろう。

しかし、この格安家賃のおかげで、月に10万円でも稼げれば、なんとか暮らせるのだ。

野菜は近所の農家から規格外品をいろいろともらえるし、困ることもない。

春には一面が山菜だらけだしな。

だが、余計なものには都会より金がかかる。その代表が車――とにかく車がないと暮らしていけない。買い物、病院、役場への手続き、車がないとお手上げだ。

バスもあるが、1日2往復しか走っていないから役に立たない。昔はここら辺も人口が多くて、バスの本数も多かったのだが、今や限界集落となり、バス会社も赤字続き。

道から補助をもらって、仕方なく細々と走らせているだけなのだ。

そんな俺の車も買って早20万kmを走破して、そろそろ買い替えの時期。故障も多くなってきたし、税金も上がる。なんで古い車を大切に乗っただけで、余計な税金を払わねばならないのか？　全くもって納得できない。古い車を大切に乗った方が、エコじゃないのか？

ふう……ここで愚痴っても仕方あるまい。目の前にある現実に目を向けよう……。

あ……ありのまま、今起こったことを話すぜ――。

20万kmを走っている俺のボロ車で買い物に行って帰ってくると、玄関に10kgの生肉が鎮座していた――何を言ってるかわからねーと思うが。

猟奇事件ではない、ド田舎じゃよくある光景。

田舎故、玄関に鍵を掛けていない家が多い――だが、最近はコソドロが増えたとかで、駐在さんが回って、鍵を掛けるように注意を呼びかけている。

玄関に鍵を掛け忘れたので、誰かがおすそ分けの肉を置いて行ったようだ。

「何の肉だよ……」

クンカクンカ――肉の匂いを嗅いでみる。こりゃ鹿だな。

つまり、鹿の太腿部分ってことだ。こりゃ、しばらく鹿肉パーティーだぜ！　ウェーイ！

やって来るのは、鹿肉だけではない。たまに熊肉もやってくる。

だが、どちらかと言えば、鹿肉の方が美味いかな――熊肉は少々臭いし……。

鹿肉も臭いがないわけでないのだが、臭さには定評のある羊の肉をジンギスカン料理で食い慣れているので、このぐらいはどうってことはない。

喜んでいる場合ではない。すぐに肉を保存するシミュレートをするために、俺の灰色の頭脳がフル回転する。

「さて、冷凍庫に隙間があったかな？」

ここら辺では、１週間分ぐらいの食材を数十㎞離れたスーパーでまとめ買いをする。

そのために、どこの家でも冷蔵庫は大型でそれとは別に食材の保存のために専用の大型冷凍庫も持っている家が多い。

採れすぎたり大量にもらったりした野菜を煮込んで冷凍庫へ入れておけば、食材も無駄にならないし結構保存が利くのだ。例えばトマトは煮込んでホールトマトにして冷凍すれば、カレーやスープなどなど、いろいろと使える。

ナスは採れたてを焼いてから冷凍するのがオススメだ。解凍して生姜を添えれば、いつでも焼きナスが食える。キュウリはスライスして、砂糖と酢に漬けて冷凍する。

小分けにして冷凍しておけば一品料理に使えるし、急なお客の酒の肴にもなる。

肉も小分けにしてから、ポリ袋に入れて冷凍する。タレに漬け込んでから冷凍するのもアリだ。解凍してすぐに焼き肉を楽しむことができる。

いやいや、料理は後回しだ。この肉を持ち込んだ人を探さなければならない。

このまま放置できないのが田舎の面倒臭いところ。これを置いて行った人を見つけ出して、御礼をしたり、返礼品を持って行かないと、いろいろと面倒なことになるのだ。

「あそこの兄ちゃんは、こっちが世話してやってのに、ろくに御礼をよこさない」

――なんて噂話が、村内をあっという間に駆け巡ってしまう。

俺一人なら村八分でも十分でも構わないのだが、実家に親がいるからな。親や親戚に迷惑が掛かってしまう。少々面倒ではあるが、適当に付き合っておけば、野菜をもらったり、このように肉のプレゼントがあるので、そんなに悪いものでもない。

それにここら辺は、強制で消防団や青年団に加入させられるわけでもないからな。

郷に入れば郷に従え――この言葉は、それなりに含蓄のあるものなのだろう。

電話の上に貼ってある、手書きの電話番号表から、当たりをつけて電話を掛ける。

「あの～ハマダですが～いつもお世話になっております」

「あらあら、ケンイチ君ね」

いい歳したオッサンに「君」は止めてくれよ。だが、限界集落に住んでいるほとんどが、70～80歳の年寄りばかりだ。60歳だって若いと言われる。38の俺なんてまだまだ子供。

ここから、オバサンの世間話が始まってしまう。

「あそこの、○○さんの○○ちゃんがねぇ～」

正直、そんな話はどうでもよい。だが田舎の人間は、こういった噂話が大好物だ。

何かやらかすと、こんな具合で噂話が村の隅々まであっという間に、伝わってしまう。

「それで、少々お聞きしたいんですが――家に帰ってきたら、鹿の肉が大量においてあったんですが、そんな話は聞きませんでしたか？」

「さぁねぇ……聞かなかったけど」

「ありがとうございました」

やっと電話が切れる。これだけを聞き出すために15分を消費したわ。

そんな調子で、次々と電話をかけて4軒目で当たりが来た。

「ああ、○○さん家が、鹿肉を持ってきたわよ」

「ありがとうございます、○○さんですか」

やっと贈り主を見つけたわ。すぐに、〇〇家へ電話を入れる。

「あの、ハマダですが、家に帰ってきたら鹿肉が置いてあって」

「ああ、ウチのお父さんが配ってるの。ごめんなさいねぇ。ウチは年寄りしかいないでしょ、余らせてしまってねぇ……」

年寄りは肉を食わない。それ故、若い俺の所に大量の肉が回ってくるわけだ。

だが贈り主は判明した。今度、俺が何かよい物を手に入れたら、〇〇さんに返礼を持って行けば丸く収まるってわけだ。このように田舎は持ちつ持たれつになっている。

少々面倒ではあるが、住めば都。

返礼の返礼でイモを一袋もらったこともあるし、米を30kg程もらったこともあるし、水産加工場で働く人からは、ホタテや魚などが来ることもある。食材に困ることはないのだ。

だが、ここにないものもある——それは、娯楽だ。

これだけはどうしようもない。昔は麻雀や花札等の博打しかなかったのだが、今は違う。

こんなド田舎にもネットが通っているのだ。

数年前までは鈍足のI〇DNしかなかったが、町の予算で光ケーブル網を敷いたのだ。

それで生活が一変したね。超大手通販サイト『シャングリ・ラ』を使って、田舎にいながらにして、マジで何でも買えるようになった。

本屋もなかったのに、本を買える。電子書籍ならその日に読めるようになった。レンタルビデオ店に行くには車で35㎞――往復で70㎞以上走らねばならなかったのに、配信動画が定額で見放題。これが革命じゃなくて何なのか？

俺の本職は絵描きだが、ネットで動画を使った打ち合わせもできるようになった。ちょっと前には、こんなド田舎で農業や林業以外の仕事をするなんて考えられなかったのだ。それが、ネットで仕事ができるようになったのだから、これは大きい。

俺も正直、ネットがなければ田舎にUターンしようとは思っていなかったしな。

テレビなんて持っていないが、ネットはなくては困る存在だ。

ネットで仕事をしつつ、裏の畑で家庭菜園をやり、春には山菜を採り、たまに回ってくる獣肉《ジビエ》に舌鼓をうつ。実にスローライフっぽいねぇ。

収入は極底辺で、超貧乏だが、好きな仕事しかやっていないので、ストレスフリーだ。

大体、年収が1千万円あったとしても、神経をすり減らし身体と精神を壊して金を稼いで何が残るというのか？　東京で仕事に追われつつ自問自答していた頃が懐かしい。

だが、もちろん、こんな生活にも欠点はある。何の保障もないことだ。

デカい病気をすれば、そこで終了かもしれない。まぁ、それも人生だ。

そのうち銃の免許も取得して、狩りもしてみたいと思っている。空気銃《エアライフル》なら安いし、四脚《ケモノ》は無理でも、鳥ぐらいは仕留められるだろう。

これで、少々面倒な人付き合いがなければよいのだが、それすらない所へ行くと、マジで電気も水道もなく、完全自給自足の生活が待ち受けている。

村の奥には、マジでそういう生活をしている人たちもいる。だが交流が全くないので、生きてるのか死んでるのかすら分からない状態。さすがに、そこまでやるつもりはない。

何事も、そこそこでよいのだ。

◆◇◆◇◆

そんな俺が、最近転生した。

そう、ここは異世界。

目の前に赤く燃えた炭火――その上にはシャングリ・ラで買った塩ダレに漬け込んだ肉。テラテラと光る脂が滴り落ち、ジュワジュワと白い煙となって森の中を漂っている。

「美味いにゃ～！　なんか変わった匂いがするタレだにゃ」

異世界の森の中にある、俺の家の前。獣人たちが差し入れに持ってきた肉を使った焼き肉パーティを開いている。肉はアイテムＢＯＸに沢山入っているので食い放題だ。

「おおっ！　うめぇ！　いつも食っている味気ない肉が絶品料理に早変わりだぜ」

「しかし、これは香辛料じゃねぇな……」

ミャレーをはじめ獣人たちは醤油系の調味料がダメだというので、塩ダレ系にしてみた。彼女が獲ってきてくれた肉にも少々臭みがあるので、柚子の粉を少々入れてアレンジ。

柑橘系の爽やかな香りが、獣の臭みを和らげてくれる。

「臭み消しに果物の皮を入れているんだよ。俺が住んでいた所では、果実の皮も香辛料として利用されていたぞ」

「へぇぇ～、旦那はちょっと常識知らずだが、変わったことを沢山知ってるよなぁ」

「山奥でずっと暮らしていたからな。街の人間や街の暮らしを、よく知らないんだよ」

俺と男たちの会話をそっちのけで、ミャレーが肉をパクついている。

「ふみゃ～、ケンイチはいろいろと手の込んだ料理を作るにゃ～」

「全くだぜ。旦那ならダリアじゃなくて、王都でも店を開けるんじゃねぇのか？」

「はは――そんなことは全く考えてないよ。日々こうやって平和に暮らせるだけで十分だ」

「相変わらず欲がねぇなぁ」

獣人の料理といえば、ただ焼いて塩を振っただけ。塩すらなくなると、そのままかぶりつくそうだ。だが俺は、元世界で食った鹿肉に似てる風味に少々郷愁を感じていた。

「んにゃ？　ケンイチどうしたにゃ？」

「いや、ミャレーが獲ってきてくれたこの肉が、前に食った四脚《ケモノ》の肉の味とよく似ててな――

それを思い出していた」

「どんな動物にゃ？」

「そうだなぁ――脚が長くてな……」

アイテムＢＯＸからスケッチブックを取り出して、鹿の絵を書いてみせる。

「にゃ！　角鹿にゃ」

「ああ、そうだな。角鹿に似てるな」

「鹿っているのか？」

「いるけどにゃ、こんな所にはいないにゃ。それに鹿は、この肉よりもっと美味いにゃ」

角鹿の生息地は、もっと山深い地方になるらしい。肉は柔らかで癖もなく美味いという。

「へぇ、食ってみたいな」

「旦那は金欲はないのに、食欲はあるんだな」

「そりゃそうだ。食欲、性欲は人間が生きるための基本だからな。これがない奴は大したこと
はできない――と俺は思っている」

「ははっ――そういえば、強い奴ってのは女好きが多いよなぁ」

「ちげえねぇ」

「ケンイチもスケベだにゃ？」

「まぁな。俺も男だし」

「ふ～んにゃ……ウチに手を出さないから、興味ないのかと思ってたにゃ」

「ここには、アネモネもいるしな」

そんな大人の会話をよそに、アネモネが一心不乱に肉を食べている。よほど美味しいらしい。

「アネモネ、美味いか？」

「うん、美味しいよ。ケンイチの料理は、みんな美味しいね」

「限られた地方で発達した料理だから、合わないのもあるかもしれないぞ」

「でも、ケンイチが食べるなら、私も食べる」

「まぁ、無理はするなって」

その後、獣人たちが肉を食いまくって、アイテムＢＯＸの中にあった肉は、全て空になってしまった。

まぁ、また獲ってきてもらえばいいさ。

あとがき

作者の朝倉一二三です。

初めての書籍化ということで右も左も分からない状態でしたが、なんとか刊行まで辿りつきました。関係者の皆様方、ありがとうございました。

Ｗｅｂ版は各話ごとの構成なので、決まった文字数でページを埋める書き方になってしまい、文字数が増えてしまいがちです。そのうえ、いろいろと設定を細かく書き過ぎて、文章が長くなってしまう性格なので、ページを削ぎ落とす作業が大変でした。

本作の主人公はおっさんですが、作者は主人公よりも年上のおっさんです。

おっさんにこだわりがあるわけでもないのですが、現実の若者とは少々思考が異なる可能性がありまして、若者が主人公になると、「今の若者ってどういう行動をとるのか？」などと分からないことが多々あり、かなり悩んでしまうのも事実です。

例えば、おっさんの私が昔の学生時代を思い出しながら学園物を書いたとしても、それは80年代～90年代の学園の話なんですよね。今の学校内や若者の行動については知る由もありません。

実際、私はスマホも持っていません。ＬＩＮＥやインスタナントカもやったことがないのです。まぁ、自慢できることではないのですが——歳をとると、新しいことが身につかなくなってしまう、つまり老化ですね。歳はとりたくないものです。

本作は、主人公にスローライフを送らせるのが目的なので、あまり派手な行動をしないように地味に地味に進めてきましたが、それでも中ボス的な役割は必要だろうと書いたのが、極悪野盗のシャガです。本当は各キャラクターのサイドストーリーもいろいろと書いてみたいのですが、とてもページが足りません。これからも、中ボス的なキャラクターが登場する可能性はありますが、戦争などに参戦する予定はなく、やはりほのぼの路線を目指して頑張りたいと思っています。

本作には「ユ〇ボ」という鉄の召喚獣が登場しますが、燃料などの設定に少々こだわりがあります。燃料そのものを確保して動かしており、魔法で燃料が補給されるといったチートは使わないようにしています。そのため、薬品の設定を書き過ぎてしまうのが、いつのも悪い癖。

裏話的なものを一つ。実は私が書いた別の作品と連動していて、その話が少々出てきます。隣国のディライヒフォムメートヒェン《少女帝国》がそれでして、ここにもマヨネーズ能力を操る転移者がやってきています。話が進めば、その転移者も登場して共闘する予定なのですが、そこまで進めることができるのか……果たして。

最後に、本書を手に取っていただいた読者の皆様、ありがとうございました。

SPECIAL THANKS

「アラフォー男の異世界通販生活」は、コンテンツポータルサイト「ツギクル」などで多くの方に応援いただいております。感謝の意を込めて、一部の方のユーザー名をご紹介いたします。

創玄　　ラノベの王女様

ユーチューバー・イレーナ

くりさ　　雪原灯

龍鈴(庵)　　鳴嶋ゆん

ツギクルAI分析結果

「アラフォー男の異世界通販生活」のジャンル構成は、ファンタジーに続いて、SF、ミステリー、歴史・時代、恋愛の要素が多い結果となりました。

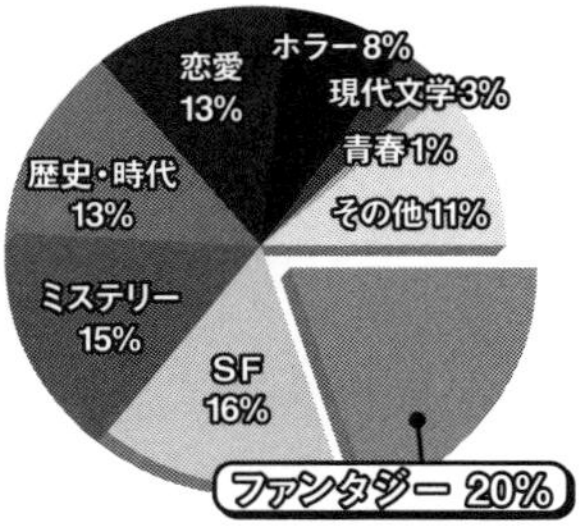

ツギクルブックス

愛読者アンケートに回答してカバーイラストをダウンロード！


愛読者アンケートや本書に関するご意見、朝倉一二三先生、やまかわ先生へのファンレターは、下記のURLまたは右のQRコードよりアクセスしてください。

アンケートにご回答いただくとカバーイラストの画像データがダウンロードできますので、壁紙などでご使用ください。

https://books.tugikuru.jp/q/201805/tuhan.html

本書は、「小説家になろう」（https://syosetu.com/）に掲載された作品を加筆・改稿のうえ書籍化したものです。

アラフォー男《おとこ》の異世界通販生活《いせかいつうはんせいかつ》

2018年5月25日　初版第1刷発行
2024年12月16日　初版第２刷発行

著者　朝倉一二三《あさくらひふみ》

発行人　宇草 亮
発行所　ツギクル株式会社
〒105-0001　東京都港区虎ノ門2-2-1
発売元　SBクリエイティブ株式会社
〒105-0001　東京都港区虎ノ門2-2-1

イラスト　やまかわ
装丁　株式会社エストール

印刷・製本　中央精版印刷株式会社

著者エージェント　株式会社博報堂

ISBN978-4-7973-9648-5
Printed in Japan

小さいながらに地球での寿命を終えた、小学6年生の柏木歩夢。死後は天国で次の転生を待つことに。
天国で出会った神に、転生は人それぞれ時期が違うため、時間がかかる場合もある、と言われた歩夢は。先に転生した両親のことを思いながら、その時を待っていた。そして歩夢が天国で過ごし始め、地球でいうところの1年が過ぎた頃。
ついに転生の時が。こうして歩夢は、新しい世界への転生を果たした。

しかし本来なら、神に前世での記憶を消され、絶対に戻ることがなかったはずが。何故か3歳の時に、地球での記憶が戻ってしまい。記憶を取り戻したことで意識がはっきりし、今生きている世界、自分の周りのことを理解すると、
新しい世界には素敵な魔獣達が溢れていることを知り。

この物語は小さな歩夢が、アルフとして新たに生を受け。新しい家族と、アルフ大好き（大好きすぎる）魔獣園の魔獣達と、
触れ合い、たくさん遊び、様々な事件を解決していく物語。

定価1,430円（本体1,300円＋税10%）　ISBN978-4-8156-3085-0

TUGIKURU COMICS

NEW

解放宣言

～溺愛も執着もお断りです！～

原題：暮田呉子「お荷物令嬢は覚醒して王国の民を守りたい！」

LINEマンガ、ピッコマにて好評配信中！

優れた婚約者の隣にいるのは平凡な自分――。私は社交界で、一族の英雄と称される婚約者の「お荷物」として扱われてきた。婚約者に庇ってもらったことは一度もない。それどころか、彼は周囲から同情されることに酔いしれ従順であることを求める日々。そんな時、あるパーティーに参加して起こった事件は……。

私にできるかしら。踏み出すこと、自由になることが。もう隠れることなく、私らしく、好きなように。閉じ込めてきた自分を解放する時は今……！

逆境を乗り越えて人生をやりなおすハッピーエンドファンタジー、開幕！

こちらでCHECK!

ツギクルコミックス人気の配信中作品

＼ 主要書籍ストアにて好評配信中 ／

三食昼寝付き生活を約束してください、公爵様

婚約破棄 23 回の冷血貴公子は田舎のポンコツ令嬢にふりまわされる

嫌われたいの～好色王の妃を全力で回避します～

＼ コミックシーモアで好評配信中 ／

出ていけ、と言われたので出ていきます

ツギクルコミックス

https://comics.tugikuru.jp/